कुफ़्र की रातें

फ़ायक़ अतीक़ किदवई

अंजुमन प्रकाशन

अंजुमन प्रकाशन
942, मुठ्ठीगंज, प्रयागराज - 211003
उत्तर प्रदेश, भारत
website : anjumanpublication.com
E-mail : anjumanprakashan@gmail.com

मूल्य : ₹ 150.00

प्रथम संस्करण अंजुमन प्रकाशन द्वारा 2019 में प्रकाशित

आवरण व टाइप सेटिंग : अंजुमन प्रकाशन
भारत में मुद्रित व जिल्दबंद

ISBN : 978-93-88556-28-6

वाल्दैन

अम्मी - ज़िया क़िदवई

पापा - अतीक अहमद क़िदवई

के साथ हर उसको समर्पित

जिसने मुझको बर्दाश्त किया और मोहब्बतें दीं..

घूँट-घूँट पानी

मुझे तीन बातें नहीं याद हैं... मैंने साइकिल चलाना कब सीखा, मुझे इश्क़ का पहला एहसास कब हुआ और मैंने लिखना कब शुरू किया। बहरकैफ़ लिखने का एहसास उस वक़्त पैदा हो गया था, जब टीचर मुर्ग़ा बनाते थे। मैं उतनी देर फर्श पर रेंगती चीटियों को देखकर कहानी बुनता रहता। मुझे चीटियों की एक आदत याद है... वो तेज़ तो चलती थीं, लेकिन रुक-रुक कर। लिखना भी मेरा ऐसा ही है ,चींटी की तरह।

लिखना वाक़ई एक नशा हैं और मैं इसका नशेड़ी... लिहाज़ा बेमक़सद लिखना था बेइख़्तियार साँस लेना। किसी एक को छोड़ न देते हम, अगर दोनो ज़िंदा न रखते।

आख़िर में अपने पाठकों के लिए। यही कहता हूँ 'पढ़ना' तपती रेत में मीलों के सफ़र जैसा होना... लिखना घूँट-घूँट पानी पीने जैसा होना।

- फ़ायक़ अतीक़ किदवई
D-50 सर्वोदय नगर इंदिरा नगर
लखनऊ - 226016 (उत्तर प्रदेश)
मोबाइल- 09935867042
ई-मेल - faiq4u2020@gmail.com

अपनी ज़िन्दगी के ज़्यादातर हिस्से में कुदरत को महसूस नहीं किया। रफ़्तार और धुन आपको इससे दूर ले जाती है। ठहराव ज़रूरी है, मैंने बहुत से मैदानों को छोड़कर सिर्फ़ सड़के चली है, बहुत सी नदियों के साथ चलने के बजाए उसके पार चला हूँ और बहुत सी पहाड़ियों की गोद में बैठने के बजाय सर पे सवार हुआ हूँ। मैंने तो इश्क़ भी किया बिना महसूस किए हुए।

❁ ❁ ❁

चरखी को दो ईंटों से सहारा दिया... लहराती हुई पतंग की डोर दाँतों से सँभाली... बिन देखे उलझी हुई डोर उँगलियों से सुलझाई... पैरों से बिखरी चीज़ें हटा दी... इशारों से छत की बाउंड्री पे चाय रखने को कहा। बस एक बात मेरी समझ नहीं आती... हर जतन किये मैंने, लेकिन तुमसे रिश्तों की डोर इस तरह सुलझी क्यों नहीं।

❁ ❁ ❁

प्रेम जैसे ही अंकुरित हुआ, हम समझ गए, ये पीपल के पेड़ जैसा विशाल नहीं होगा: ये एक छोटे से गमले का पौधा होगा। इसकी उम्र कुछ ज़्यादा न होगी, लेकिन जितने दिन भी जियेगा, ये मन की छाया में ही जियेगा।

❁ ❁ ❁

मैं उनके ख़ाली वक़्त का प्रेमी हूँ और वो मेरी हर साँस के वक़्फ़े की प्रेमिका।

❁ ❁ ❁

राजमिस्त्री नहीं हूँ!! मज़दूर हूँ! ऐसा मज़दूर, जिसका कोई परिवार नहीं !!
ईंटें पकड़ाता हूँ, इमारत के ऊँचा उठने की फ़िक्र नहीं ...मुझे अपने सर पे आठ ईंटों की ऊँचाई से मतलब है
दूर तक नहीं देखता,
देखने के पीछे मेरा फलसफ़ा क़दमो से पहुँचना होता है
लेखक क़दमो से नहीं पहुँचता
मैं लेखक भी नहीं हूँ!! मैं लिखता हूँ..
लिखते हुए वरक़ों के भरने से मुझे कोई मतलब नहीं।
मुझे मतलब है उस एक लाइन से , जो उस वक़्त मुझपे बोझ की तरह होती है

कुछ भी नहीं बेच सकता।
मेरे मिज़ाज की दो सूरतें हैं
किताबों और रोज़मर्रा के सामानों के बाबत
ऐसी कोई भी शय, जिसकी मुझे ज़रूरत है ... उसे बेच नहीं सकता
जो मेरी ज़रूरतों में नहीं, उसे सौंप सकता हूँ; मगर बेच नहीं सकता।

कभी तुमने चाँदी के वरक़ को बनते देखा है, बस यूँ समझिए कि उसकी आँखों से काजल को लेकर रात की चादर बना दी गयी।

तुम्हारी यादों का धागा टूटा नहीं है... ज़िन्दगी के लिबास के ऊपर जो धागा टँका है, वो दिन है और जो नीचे गया है, वो रात है।

❁ ❁ ❁

सच! वरना तुम आज कहीं सुदूर अंचल में बालू के धोरों पर बैठी एक सूफी फ़क़ीर होती... जिसके पास अपने दिल के सिवा कुछ भी न होता...

❁ ❁ ❁

लम्हे भर की ख़मोशी ही प्रेम है और कुछ नहीं; उसके बाद प्रेम की जितनी भी परिभाषाएँ हैं वो मेरे लिए प्रेम नहीं है।

❁ ❁ ❁

एक आख़िरी नींद की ख़ातिर, हम आशिक़ खुरचन-खुरचन नींदें लेते हैं,

❁ ❁ ❁

कोई बड़ी वजह नहीं होगी...सच में कहीं कभी किसी रोज़ ज़िन्दगी छूने निकल जाउँगा...यूँही..महज़... फ़क़त...सिर्फ़ और सिर्फ... इसीलिए...

❁ ❁ ❁

किसी के जाने का अब ग़म नहीं होता...मेरा दिल है कर्बला... मेरी हर साँस नौहे पढ़ती है... मेरी रूह हाय- हाय करती है...

❁ ❁ ❁

तुम्हारी याद दस्तक दे रही
बाहर हवाएँ सर्द और तेज़ हैं
तुम भीतर आ जाओ
एक अँगीठी सुलग रही है दिल के भीतर
मैं तुम्हें लफ़्ज़ों के कोयले से आँच दे दूँ
और सुबह जब मौसम ठीक हो जाय
तुम एक कम्बल लेकर चली जाना
जिसे मैंने तुम्हारे न होने पर बुना है।

❁ ❁ ❁

अपने जूते चमकाते हुए ख़याल आता है... इसे शीशे के जैसा चमकदार हो जाना चाहिए।
मैं अक्सर इंसानों से मुलाक़ात पर भी उनके बारे में यही सोचता हूँ।

❁ ❁ ❁

हम उस वस्ल के ख़्वाब देखते हैं... जहाँ कहने को भी कुछ नहीं बचता...और कहने वाला भी नहीं बचता।
हम राख से फिर जी उठने की ख़्वाहिश नहीं रखते
हम अपनी आरज़ूओं ख़्वाहिशों को ख़ुद से आज़ाद करना चाहते हैं।
हम जो है इसी ज़िंदगी में मिट जाना चाहते हैं।
हम नहीं छोड़ना चाहते अपना कोई निशां
अपना ज़िक्र, अपनी गली, न अपना मकां
हम चाहते हैं एक ऐसी आँधी
जहाँ पिछले क़दम के निशां मिट जायें।

❁ ❁ ❁

जो मेरे हृदय में है
उसे लिखना पाप समझता हूँ
जो मेरे भीतर कहीं
तुमसे जुड़े पवित्र भाव है।
उन्हें ऋचाओं की तरह
मुझे कंठस्थ होना चाहिए।

❁ ❁ ❁

वो भूली नहीं है मुझे, ये ढलती रातों से पूछ कर देखो...ये क्या कम है कि उसे याद आता हूँ; दुनिया के बाद।

❁ ❁ ❁

दुनिया की हर शय मौजूद है लफ़्ज़ों में; मगर जो कभी कुछ अच्छा लिखा गया तो तुम होगी।

❁ ❁ ❁

जब तुम अफ़सुर्दा और ग़मज़दा हो
तुम हरगिज़ ख़ुशी तलाशने मत जाना
मेरी बात का तुम यक़ीन करो
ये निहायत बेवक़ूफ़ी है
तुम ऐसा करना जो किताबों में न् लिखा हो
तुम वैसा सब करना
जो बात तुम्हें वसीयतों को तरह न सौंपी गयी हो

❁ ❁ ❁

हम दोनों के दिलों के दरमियां एक दीवार है
एक पेड़ बरगद का दीवार पे उग आया है: उसकी जड़ें दीवार
पे मकड़ियों के पंजों की तरह फैली हैं
दीवार चिटक चुकी है, तोड़ने का दिल होता है
पेड़ के गिर जाने के डर से अब दीवार नहीं गिरा सकते।
मैं उसकी आवाज़ें सुनता हूँ... जैसे कोई पुकारता हो।

❁ ❁ ❁

रौशनाई तक
पहुँचने के लिए
हर गली हर सिम्त
मैंने लगाये थे
कई बड़े से दरख़्त
जिनसे अब गिरते हैं
अँधेरो के ढेरों फल
जो बिखरते है
चटककर फैल जाते हैं
इनसे फूटता है
बेशुमार अँधेरा
इन गिरते फलों के बीच
राह स्याह हो जाती है
ले जाती है उस ओर
जहाँ देखकर चलने से ज़्यादा
टटोलने की ज़रूरत होती है
इस राह से गुज़रने वाले का चेहरा
उँगली के पोरों से छूता हूँ
इस उम्मीद में कि उँगलियाँ पहचानेगी
जो आँखों से गया है

❁ ❁ ❁

वो जहाँ-जहाँ मेरा इन्तिज़ार करती है... मैं महरूम रहता हूँ उन्हीं जगहों से।

तुम्हारी हथेलियाँ तितलियों के पंख जैसी...छूते हैं तो रंग उतर आता है।

जो लहजे से सुलझा हुआ है, उसके भीतर काँच का एक नाज़ुक मकान है।

मैं अपने दिल की दहलीज़ पे उसके इंतिज़ार में अरसे से बैठा हूँ... कि जब गुज़रे वो, तो कह दूँ कि देखो अब अंदर कोई और रहता है।

मेरे चारों तरफ हरी -हरी घास है...मैं बेफ़िक्र होकर अक्सर लेट जाता हूँ
यहाँ कोई बड़ा दरख़्त नहीं है।
मैंने कभी बड़े लेखक का सान्निध्य नहीं पाया।
एक बड़ा- सा पेड़, दूर हवेली में है; लेकिन हवेली का गेट बहुत छोटा है।
लोग कहते हैं बहुत झुक के जाना होता है।

दुनिया सो रही है। एक लालटेन बेवजह उसकी आँखों मे टिमटिमा रही है।

चटख़ रंग, सुरीली आवाज़ें, चिकने वरक़ और नाहक़ मुलाक़ातें...जाने क्यों मुझे अब इनसे वहशत होने लगी है।

मैंने दुःखों की चौबीस क़िस्में जानी है... तुम्हे जाना है...दुनिया जानी है।

बहुत उलझी उलझी- सी बातें करता हूँ और वो शख़्स है कि सुलझा सुलझा के सुनता है।

एक साँस है वही, वही तो आती- जाती है
वो समझते हैं मुझे, मुझे बारहा इश्क़ हुआ है

क्यों खटकता है ख़ाली गिलास... क्यों भरने के लिए बेचैन हुए जाते हो। चलो मेरे साथ चलो... पहाड़ के उस पार
एक झील है उसकी आँखों में... सारी चिड़िया और चुनगुन, पलकों पे बैठे हैं

अपना ही दिल हासिल नहीं मुझे।
ग़ैर की अमानत थी ग़ैर ले गया।।

तुमसे जुड़ा एक लफ़्ज़ जिन्हें ख़ास- ओ- ख़ास मौक़े पर निकालने के लिए ज़हन के किसी कोने में तहा के रखा थाः इधर दो रोज़ शिद्दत से ढूँढ़ा जाने कहाँ खो गया।

मैं नहीं जानता प्रेम, प्यास के लिए पानी है
और भूख के लिए रोटी..
लेकिन इतना जानता हूँ
प्रेम, पानी के लिए ठंडक है और रोटी के लिए गर्माहट।

जब दोबारा
गंगा के किनारे
तुम्हे मैंने पुकारा
तुमने नीले समुंदर की तरह
अपनी बाँहें खोली थी
मैं अपने पूरे वजूद को
समाता जा रहा था
तुमने कहा ये हरगिज़ न कहना
सिर्फ तुम ही मुझसे प्यार करते हो
मैंने सर उठाकर देखा
तमाम छोटी- बड़ी नदियाँ
तुम्हारी चौखट पर मिटने जा रही थीं

एक दोपहर सारा समुन्दर सूख जाय... फिर मैं एक छड़ी लेकर पैदल समुंदर पार करूँ। मरी हुई छोटी मछली को छड़ी से पलटता चलूँ; बड़ी मछलियों की पीठ पे लेटकर आराम करूँ।
टूटे जहाज़ों में सामान ढूँढूँ और शाम जब पानी भरने लगे तो दौड़कर किनारे तुम्हारे पैरों पे सर रखकर लेट जाऊँ।
मैं तुम्हें दिनभर की खोज के बारे मे बताऊँ और जेब से कुछ पुरानी चीज़ें निकालकर दूँ।

एक उम्र कम है कहने समझने और समझाने को... और बात बस इतनी- सी है कि मुझे तुमसे इश्क़ है।

तुम बारहा आई लेकिन कभी भी कुछ लमहा ठहरती नहीं !!
तुम आई वक़्त के फ़ासले को धनक की डोरी से जोड़कर जो बारिश के बाद मिटने की जल्दी लिए होता है
फिर तुम आई नयी सुबह की तज़ल्ली में छनकर, जो चढ़ते सूरज से तेज़ होता जाता है
तुम आई अब्र पे बर्क़ की मानिंद और जो पलक झपकते ग़ायब हो जाता है
फिर आई तुम चाँद की शुआओं में लिपटकर, समुंदर की लहरों में बढ़कर, हवाओं की सरगोशियों में सिमटकर, सोंधी सी मिट्टी में महक बनकर, साकित झीलों में लहर बनकर।
और मै वहीं खड़ा तुम्हें ये सोचकर महसूस करता रहा, तुम ठहरो तो कुछ बोलूँ।

सबसे आसान सी दिखने वाली खोज... विज्ञान की सबसे बड़ी खोज है आग जलाना और पहिया बनाना,
सबसे आसान- सी लगने वाली लाइनें 'मुझे तुमसे इश्क़ है और मुझे तुम्हारे सिवा कुछ सूझता नहीं ' इश्क़ के सबसे गहरे एहसास हैं।

❁ ❁ ❁

माज़ी में इतना कुछ कमाकर लाये हैं कि हर सुबह हर शाम उसे ऐतबार दिलाते रहते हैं।

❁ ❁ ❁

साँझ से ही लगने वाली भूख...और सोचे गए तमाम लफ़्ज़, गेहूँ की बालियाँ हो गए... जतन से लिखे गए तमाम लफ़्ज़, चूल्हे की रोटी बन गये।

❁ ❁ ❁

बहुत छोटी- सी दुनिया है... मौसम बदलने की सौगात के अलावा कुछ और बदलने की चाह नहीं।

❁ ❁ ❁

मैं हर लम्हे से कहता रहूँगा... मुझे नहीं है तुम्हारा इन्तिज़ार; मैं अपनी हर साँस को समझाता रहूँगा कि नहीं होगी कोई दस्तक। मैं अपने दिल से कहता फिरूँगा कि नहीं होगी धड़कन फिर तेज़। मगर ये लम्हे ये साँसें, ये धड़कन... यूँही इन्तिज़ार में बूढ़े होते रहेंगे।

❁ ❁ ❁

किसी टीले पे तुम्हारे साथ बैठे हुए की बारिश आई और सोचे गए लफ्ज़ सुरमई बादल से हो गए...और जतन से लिखे गए लफ़्ज़ प्यासी ज़मीन पे क़तरे से बरस गये।

मेरे हाथों में तुम्हारे लफ़्ज़ के अगर आबले न होते...मैं ख़ुद को मुकम्मल समेट लेता तुम्हारी चौखट से।

बड़ा रखरखाव- सा इश्क़ है। तुम्हें दिल में झाड़पोंछ के रखे, तुम्हें दुनिया की वहशतो से निकाल दें।

तुमने देखा भी नहीं तुम कितनी बेख़ुद हो... जाने किसके उजले मन की चादर पर गंदे पैरों से दौड़ गयी।

मैंने ज़हन- ओ- दिल के भीतर तुम्हें समा लिया है हद तक... लेकिन वो कौन- सी दराज़ है, जहाँ से रोशनी किसी और की छन के आती है।

जो वक़्त ने दे सके, उसे और मसरूफ़ रहने के लिए उसका दिया मुख़्तसर वक़्त भी उसे वापस कर दो।

सीने में दबी वो सुर्ख़ लाल डायरी, जिसे पागल लोग दिल कहते हैं: क्या तुम मुझे एक उम्र के लिए पढ़ने दोगी...

किसी का इतना चहीता नहीं था कि ज़िद की आदत मुझमें होती। फ़क़त एक तुमसे अपनी क़ीमत का एहसास हुआ, तो ज़िद करने का शौक़ हमने भी पूरा किया।

जिससे हम हारते हैं, उसे हम ग़ौर से देखते हैं और हराने वाला हमें देखे, तो जीतेगा भला क्या।

जब तुम अपने से विपरीत लिंग की मौनता को समझने लगते हो... जब तुम इंसानों के अलावा परिंदों चौपायों की भाषा समझने लगते हो और जब तुम पेड़ पौधों नदियों और पहाड़ो से बात करने लगते हो... तुमने कई यात्राओं के बाद वो जगह ढूँढ़ ली होती है, जिसे पाने में कई सभ्यतायें गुज़र गयीं।

ज़मीन सख़्त हो गयी है... शाख़ से गिरकर फल कई हिस्सों में टूट गया और मैं अपने दिल के बारे में कुछ देर सोचता रहा।

लोगों से दूर जाने का मतलब लोगों के आसपास न रहना नहीं होता।

इस ज़मीन की मुट्ठी में चादरनुमा आसमान का एक कोना है और दूसरी मुट्ठी में सारे सितारे कसे हुए हैं। समुंदर उसकी आँखों के डोरे तक भरा है। ये मुतवातिर कुछ न कुछ जनने का दर्द है।
बेहतर है ज़मीन अब बाँझ होनी चाहिये।

कोई है मेरे भीतर, जो रातों को जगता है, उठता है और आवाज़ देता है। कोई है मेरे भीतर, जो मेरे लफ़्ज़ों को बोलता है, गुनगुनाता है, खुद से बात करता है
मैं कुछ भी नहीं होता हूँ देर रातों में... मेरी दुनिया बदल जाती है उजाले से अंधेरों में। ये सन्नाटे ले के जाते हैं। मुझे अजब वीरानियों में और ये ख़ामोशियाँ भटकाती हैं दश्त और हवेलियों में। मैं जो कुछ सोचता हूँ, वहाँ भी मैं नहीं होता। मेरी रातें नहीं होती, मेरा शाम से अपना कोई मकान नहीं होता।

कहीं पर तो आकर ठहरना होता है। मगर जहाँ ठहरना होता है, वहीं किसी के सफ़र का आग़ाज़ होता है।

लवाज़मात के साथ चलना नहीं पसंद। तुम जब भी कोई सफ़र मेरे साथ तय करती हो, मैं अपने शौक़ अपनी आरज़ूएँ अपनी ख़्वाहिशें घर रखकर आता हूँ।

एक ही शख़्स है... ख़ुद को, ख़ुद की गली और ख़ुद के शहर से भी मुहब्बत करा गया।

परिंदों की हड्डियाँ हल्की और ज़्यादा खोखली होती हैं, जिससे वो आसानी से उड़ सकते है...इंसानों की हड्डियाँ मज़बूत होती हैं, जबकि उनकी आत्मा हल्की और खोखली होती है।

अगर सारे लेखक मोमबत्ती हें, तो मुझे माचिस कहिए और अगर सारे लेखक माचिस हैं तो मुझे हवा कहिए।

जब मैं तुमसे सवाल करता हूँ तो तुम्हारे जवाब के अलावा मेरा अपना भी एक जवाब होता है और कोशिश होती है कि दोनों जवाब भले अलग रास्तों से दरिया की तरह बहें, लेकिन सागर तक पहुँचते-पहुँचते एक बार मिलें; हमारे वजूदों के कहीं समा जाने से पहले, इनका एक होना ज़रूरी है।

आँधियों के थपेड़ों ने मेरे पंखों को नोच- नोच कर अलग कर दिया था...उस शख़्स ने मुझे बेसुध हालत में उठाया, पानी दिया और मैंने अपने तीखे नाख़ुन उसकी हथेलियों में गड़ा दिये।
लेकिन उसने फिर भी मुझे तेज़ हवाओं में अकेला नहीं छोड़ा।
कुछ दिनों बाद मेरे पंख ठीक हो गए,
मैं अब उड़ सकता था, लेकिन जिस खोज ने मुझे आँधियों में उड़ने को मजबूर किया... वो खोज ख़त्म हो चुकी थी।

❁ ❁ ❁

शबनम से पाँव तुम्हारे भीगे, गीली मिट्टी से उँगलियाँ रँगीं, घास एड़ियों में जगह -जगह चिपकी, कुदरत ने क्या ख़ूब क़सीदाकारी की है।

❁ ❁ ❁

और उस राजमिस्त्री ने कहा कि हर ईंट उसके लिए शब्द है...हर दीवार उन शब्दों से बनी पंक्ति।
उन दिनों मैंने चिड़िया का घोसला, चित्रकार की तस्वीरें और बुढ़िया का दुपट्टा टाँकना देखा।
मैं जानता हूँ, अपने आस- पास कितना कुछ लिखा जा रहा है।

❁ ❁ ❁

गहरे रंग, गहरे पानी और गहरे इंसानों से डर लगता है।
कुछ दिनों से मुझको तो मुझसे ही डर लगता है

❁ ❁ ❁

अगर परिंदा बनकर आ सको तो आओः दुनिया में किसी शख़्स से मिलने की ख़्वाहिश नहीं है।

❁ ❁ ❁

काग़ज़ पे लिखा गया हर समझौता बेऐतबारी है और दिलों पे लिखा गया हर एक लफ़्ज़ आसमान में चमकता सितारा।

❁ ❁ ❁

पहाड़ कितने बड़े हैं, मगर अब बड़े लगते नहीं। ये नीचे दिखती खाई वाक़ई गहरी हैः मगर गहरी लगती नहीं। वो हथेली गर्म है, मगर गर्म लगती नहीं। चीज़ें एक जैसी हो गयी हैं... हादसे और ख़ुशी में बाल के बारीक़ फासला रह गया है। कोई बात कितनी ही शिद्दत से हो या लापरवाही से, महज़ बात ही लगती है।
मैं चाहता हूँ कि पहले जैसे फ़र्क़ को महसूस कर सकूँ मैं सोचूँ तुम्हें तो मुस्कुराऊँ... मैं तुमसे दूर जाऊँ तो उदास हो जाऊँ।

❁ ❁ ❁

एक अच्छा लेखक या तो बहुत सच्चा होता है या बहुत झूठा।

❁ ❁ ❁

मैं गूँगा होना चाहता हूँ, लेकिन तुम्हें मौन को हरूफ़ की तरह पढ़ना होगा। मैं अंधा होना चाहता हूँ, लेकिन तुम्हें मेरे दिल मे दीये की तरह टिमटिमाना होगा।।

❁ ❁ ❁

काग़ज़ की नाव नहीं बना पाता था... हालाँकि जहाज़ बना लेता था। बहने और उड़ने का फ़र्क़ मुझे उसी वक़्त पता था। मैं इश्क़ में भी बहने के बजाय उड़ना पसंद करता हूँ।

❁ ❁ ❁

बात करें, या चुप रहें; सोचें, कि यार से कहें, या चुपके से चल दें। सामने उसके मुस्कराएँ या खिलखिला के हँस दें। देखती आँखों को देखें या इधर-उधर शर्म से तकते रहें। जाने कोई सूरत कोई जज़्बा, कोई एहसास इस क़दर डर से आलूद क्यों होता है।

❁ ❁ ❁

जाना और आना, रुकना और ठहरना, मिलना और मिलाना... बिछड़े हुए अलबत्ता मिलते हैं; मगर पहचानते नहीं।

❁ ❁ ❁

आये तो इस तरह, जैसे भूचाल; गए तो इस तरह, जैसे कोई आहट न हुई।

❁ ❁ ❁

जितने हिस्सो में ख़ुद को बाँट रखा था दुनिया के लिए, उतने हिस्से को एकबारगी समेट लिया है तुम्हारे लिए।

❁ ❁ ❁

ऐतबार से बेहतरीन कोई एहसास हो ही नहीं सकता।

ये कॉन्क्रीट की दुनिया अगर हरा-भरा जंगल होती, तो मेरे लफ़्ज़ परिंदों और झरनों की आवाज़ की तरह तुम्हारे कानों तक पहुँचते।

अपने वजूद की गहराइयों में जो कुछ है, वो सीलन से भरे वरक़ और हवाओं सी ख़ुश्क रोशनाई।
गर्म साँसें वरक़ सुखाती है और आँसुओं के क़तरे रोशनाई को भिगोते है।

मैं नहीं जानता मेरे प्रेम का चरम क्या है। शायद चरम जैसा कुछ नहीं है, ये तो ऋतुओं के जैसा है... जितने दिन मैं तुमसे रुखेपन से पेश आऊँ, तुम पतझड़ समझना; लेकिन इस विश्वास के साथ, कि बहार आयेगी।

उसके सामने दो मोमबत्तियाँ जलायी; फिर अचानक एक बुझा दी, याद आया कि अपने- अपने उजाले तो दुनिया लिये फिर रही हैं।

ज़िन्दगी और मौत के बीच कोई ख़ास बात है, तो वो तुमसे इश्क़ के सिवा कुछ नहीं है।

कई सवाल हैं जिनका मेरे पास कोई सीधा- सा जवाब नहीं है। एक नदी ख़ामोश बह रही है। मल्लाह कहता है, बैठो कश्ती में और उस पर उतर जाओ।
मेरे साथी कहते हैं, छोड़ दो इरादा उस पार जाने का और हमारे साथ इसी बस्ती में रह जाओ।
मैं नहीं समझ पाता मुझे क्या करना चाहिये... और ये बेहद दुश्वारकुन बात है कि दरिया के साहिल पे किसी मूरत की तरह खड़े होने का लोगों के पास सिर्फ़ दो मतलब होता है... लौट आना या उस पार चले जाना। मैं अपनी इस बेवकूफ़ी को नहीं समझा सकता। तुम पूछोगे तो भी नहीं और अगर मैंने कुछ कहा, तो कहने जैसा नहीं होगा।

जाने क्या बात है
तुम्हें सोचने के सिवा
कुछ और सोचते नहीं

क्यों लाइब्रेरी से किताबें उठा लाते हो! क्या पढ़ने के लिये!! उलझे, गहरे, बिखरे, सिमटे चेहरे, तुम्हारे सामने से नहीं गुज़रते?

धुँधली यादें अच्छी होती हैं; जैसे धुँधली- सी शाम... जैसे दरख़्त पे कोई धुँधला - सा नाम।

❁ ❁ ❁

जिस्म क्या है
एक बोझ ही तो है
सबकुछ समेटने के लिये
एक दिल होना चाहिए

❁ ❁ ❁

तुम हँसकर बोलो तो दुनिया कितनी हसीनः तुम नाराज़ हो जाओ तो दुनिया कितनी बेरंग, कितनी बदतरीन। ख़ुदाया, दुनिया देखने के लिए मेरी नज़र उसके ज़हन की खिड़की से क्यों है!

❁ ❁ ❁

दिन के उसी हिस्से के लिए जी रहे हैं, जिस हिस्से के लिए खिड़की की दराज़ से रौशनी आती है। खिड़की खुल नहीं सकती और मैं नहीं जानता कि खिड़की के उस पार क्या है। अक्सर सोचता हूँ रौशनी देने वाले को अगर ये पता हो, कोई खिड़की के उस पार है, तो वो ठहरेगा। ये तमाम बातें सोच-सोचकर अँधेरों को निगलता रहता हूँ।
मैंने रौशनी के बहुत ख़्वाब देखे हैं। एक बार ख़्वाब यूँ देखा कि तेज़ हवा से खिड़की के दोनों पट खुल गये हैं और रौशनी से पूरा कमरा नहा गया है... ज़रूर हवा को रौशनी ने मेरी बात बताई होगी।

❁ ❁ ❁

चाँद से कहता है सितारों से बोलता है हत्ता कि शजर की हर एक डाली से राज़ खोलता है...वो शख़्स अजीब है...इश्क़ भी खामोशी से नहीं करता।

गली से गुज़रने का
एक वक़्त मुक़र्रर कर लो
दीवार से लगकर खड़े- खड़े
मेरे पैर दुखने लगते हैं।

रुके हो तुम, तो बेपरवाही है
चले गये तो बेचैन हो जाऊँगा।

एक रात मैंने सोच- सोचकर इस उलझन में गुज़ार दी।
क्या बात है कि मेरी बात का उसे बुरा नहीं लगता

अपने ही जिस्म में अपना गुस्सा कितना अजनबी है। पल में आता है; दो घड़ी रुकता है... चीज़ों को उलझाता है, आदाब करता है, निकल जाता है।

उन दिनों पतंगें पढ़ने नहीं देते थे, कभी तितली वरक़ पे बैठ जाती, तो कभी झींगुर ध्यान को तोड़ता था। वो जुगनू पतंगे और झींगुर आज भी याद आते है।, अब मैं पढ़ता हूँ तो पढ़ता चला जाता हूँ, कोई बात जैसे होती ही नहीं ; मानो दुनिया की कोई भी शय का मुझसे अब कोई तआल्लुक़ ही न हो।

मैं जब किसी से रोटी माँगता हूँ, तो वो ये कहकर सिक्के देता है, कि रोटी खरीद लो.. और जब मैं सिक्के मांगता हूँ तो वो कहता है कि कुछ खरीदने से बेहतर है ये रोटी ले लो।
एहसान करने वाले को ये नहीं पता कि कब हमें क्या चाहिये, क्यो चाहिए... उदास दिल को ये जहां भी दे दो तो क्या हासिल... अगर मुस्कुराहट न दे सको।

मैं कभी नहीं कहता उसकी आँखें बहुत गहरी हैं... कई बार देखकर ऐसा लगता है जैसे उँगली भर पानी में सतह के सारे पत्थर दिखते हों।

खुली हुई खिड़की और टूटी हुई ज़ंज़ीर की तस्वीर मे आरजूओं के पाने और हासिल करने का फ़र्क़ है और हासिल करना ज़्यादा यादगार है।

हर शख़्स मुझसे सिकन्दर, चंगेज़ के जैसा मिलता है... मानो एक मुलाक़ात में मेरा पूरा वजूद रौंद डालेगा। कोई शख़्स

मुझसे बुद्ध और गाँधी की तरह आकर नहीं मिलता।

⊛ ⊛ ⊛

चित्रकार चाहता था, चिड़िया बैठी रहे; चिड़िया चाहती थी, पतंगा बैठा रहे; पतंगा चाहता था, शमा जलती रहे। मैं चाहता था, एक कहानी पूरी हो... और वो चाहती थी, अँधेरा हो।

⊛ ⊛ ⊛

कई रंगों से छपी टीशर्ट पहनकर मैंने बताया कि मुझे काला रंग पसंद है; उसने भी अपनी रंगीन चुनरी को ठीक करते हुए बताया कि उसे सफ़ेद पसंद है।
इस बात का ख़याल तो तब आया, जब किसी रोज़ हम झगड़ने की वजहों को ढूँढ़ रहे थे,

⊛ ⊛ ⊛

मैं अगर चित्रकार होता, तो सबसे पहले खुली हुई खिड़की बनाता।

⊛ ⊛ ⊛

लम्हों में उठना- बैठना या पहरों पड़े रहना... मैं सोचता हूँ दुःखों को न तो तितलियों जैसा होना चाहिए और न गिद्धों जैसा।
दुःखो को बस चील जैसा होना चाहिये।

⊛ ⊛ ⊛

तुम्हें भूलूँगा नहीं ये इश्क़ है; तुमसे अब राब्ता नहीं होगा, ये निचोड़ है।

मुझे आपत्ति है, लोग मुझे जानवर बोलते हैं... क्या ये बेहतर नहीं होता कि परिंदा बोलते... हालाँकि ये सच है प्रेरणा के लिए मैंने कभी इंसानों को नहीं चुना।

हम पत्थर हैं तो क्या तुम भी पत्थर हो जाओगे? हम जलते हैं, बुझते है; बुझकर फिर जल उठते हैं। हम इमली के ठूँठ के जैसे दिन- रात सुलगते है

तुम भी क्या अंदर अंदर मेरे जैसे जल जाओगे तुम बरसोगे क्या मेरे जैसे. तुम भीगोगे क्या मेरे जैसे. क्या तुम मेरे जैसे आँख से क़तरा क़तरा बह जाओगे।

तुम रोओगे चिल्लाओगे. तड़पोगे पछताओगे. क्या तुम भी मेरे जैसे पागल हो जाओगे।

मैं तनहा हूँ, सोज़-ए-दिल ग़म-ए- पिनहा हूँ, मैं रंज- ओ- ग़म का कारवां हूँ, मैं रूठे लफ़्ज़ों का सानिहा हूँ.. क्या तुम भी मेरे जैसे रूठे लफ़्ज़ों का क़िस्सा हो जाओगे।

इश्क़ लिख गया वरक़ में कुछ इतने दबाव से, कि मिटा तो दिया, पर निशान नहीं गया।

तुम्हारे रोज़ के ये कच्चे वादे
वक़्त की धीमी आँच में
अब आहिस्ता से पकने लगे हैं
मगर मुझको ये ख़दशा रहता है
कहीं ये तमाम दिलजो से वादे
महज़ नाकाम वादे बनकर न रहे
अब तो मैं कुफ़्र सा सोचता हूँ
इन वादों और हक़ीक़तों की
तस्वीर में बदलवाने के लिए
काश! तुम कोई ख़ुदा होते
या फिर मैं एक ख़ुदा होता

❀ ❀ ❀

जिस आवाज़ पे नंगे पाँव दौड़ जाना; उस आवाज़ से कह दो, ज़रा ठहरे; पहनने के लिए एक जोड़ी चप्पल तलाश रहा है इश्क़।

❀ ❀ ❀

बहुत बेवकूफ़ियाँ कर रहे हो; क्या पहला पहला इश्क़ है?

❀ ❀ ❀

तुम्हारी एक मुस्कुराहट ने ख़लाओं तक फैली मेरी रूह को क़ैद कर लिया है और तुम्हारे दुःख ने सारी दुनिया के दुःखों को मेरे दिल में समेटकर अपना मुरीद बना लिया है।

❀ ❀ ❀

तुम्हें मालूम है समन्दर की आवाज़ बहुत प्यारी होती है; बिल्कुल तुम्हारी यादों की तरह, जो लम्हा-लम्हा मेरे पैरों के पास आती है. छूती है भिगोती है; फिर लौट जाती है; इन्हें चाहकर भी नहीं पकड़ सकता।
मगर मैं जानता हूँ ये सिर्फ महसूस करने के लिये है। ज़िन्दगी में सब कुछ हासिल करना नहीं होता। क्या ग़लत है की हासिल के माइने कुछ भी हों, पर बेड़ियों से अलहदा तो नहीं।
तुम कभी समुंदर किनारे जाना। ये एहसास बड़ा दिलचस्प है। मीलों फैले समुंदर की नीली चादर के आख़िरी सिरे पर पैर रखना। देखो दूर से आती लहरों की सिलवटें कितनी खुशियाँ लेकर बढ़ती हैं। कदम पीछे न लेकर लहरें छूने का एहसास ही तो ख़ुशी है। फ़ितरतन चीज़ों को बाँधकर रखना मुझे अच्छा नहीं लगता।
हवायें, लहरें, आरज़ुएँ उम्मीदे, ख़्वाहिशें कभी क्या खूँटे से बँधती हैं। ये वो शय है कि साकित रहो और तुम्हे छूकर गुज़र जायँ।

हर रोज़ तुम समंदर के किनारे खड़ी होती हो।
क्या ढूँढ़ती हो इसकी गहराई में।
मैं जानता हूँ, तुम सूखे कपड़ो में भीगी होती हो
मैं तुम्हें देखता हूँ मानो ख़ुद को देखता हूँ
कौन लौटता है बिछड़ कर
मैं तुम्हें बताना चाहता हूँ
मैं अब समंदर तक नहीं जाता।
दर्द से मेरा जिस्म इस क़दर दुख चुका है
मैंने दूर से ही समंदर बना लिया है भीतर
देखो मेरे कपड़े कभी सूखते नहीं ।

सारे रिश्तों से ज़िन्दगी चलती हैं: सिर्फ दोस्ती के रिश्ते से ज़िन्दगी ख़ुद को जीती है। बहुत बदनसीब है वो शख़्स, जिसका कोई दोस्त नहीं: उससे ज़्यादा बदनसीब वो है, जिसके पास दोस्त हैं, पर उन्हें उनकी कद्र नहीं।

हम सब ईश्वर नहीं हैं, तो हमे भक्त क्यो चाहिए। हमारी प्रकृति हमें दोस्त चुनने को कहती है और हमे दोस्त चुनना चाहिए।

तुमसे इतना क़रीबी रिश्ता है कि तुमसे अपने प्यार के बारे में बातें कर लेता हूँ: लेकिन जिससे मुझे प्यार है, उससे तुम्हारी दोस्ती के बारे में कुछ नहीं कह सकता।

खुला तो कुछ भी नहीं है दुनिया में... सहन में आ भी जाऊँ तो आसमां ढके हैं।

हो जाए तुमको इश्क़ तो बता देना।
अभी करती हो बात, बात जैसी नहीं।

एक बादल सीढ़ी चढ़कर, थोड़ा आगे बढ़कर, उसकी ख़ातिर मीलों चलकर, गाँव उसके आया है। जाकर उससे ये कह दो, ख़त को नीचे रख दो, ज़रा कमरे से बाहर निकलो... शीशा छोड़ो, चप्पल छोड़ो नंगे पाँव छत पे आओ... भीगो बारिश की बूँदों में, झूमों पेड़ों की तरह नहाओ। गाओ गाओ मल्हार गाओ, कोई राग सुनाओ।

❁ ❁ ❁

एक रात देर तक उसके हाथों को सोचा। उसकी ऊँगलियों के पोर मुझसे ज़्यादा सख़्त थे।
अगले दिन मैंने उससे पूछा ये रोटियाँ कौन बनाता हैं। उसने कहा क्या तुम्हें मेरे हाथ की रोटियाँ अच्छी नहीं लगीं।
मैं चुप रहा, फिर मैंने उसका हाथ पकड़कर पूछा बर्तन कौन धुलता है?
इस बार वो संजीदा होकर कहने लगी तुम्हें हो क्या गया है। टिफ़िन बंद करके, सीढ़ियों से उतरता हुआ अपनी बाइक पर जाकर बैठ गया। शीशे से मैंने देखा, कभी वो रोटी देखती, कभी अपने हाथों को...

❁ ❁ ❁

हिचकिचाता हूँ मैं दो क़दम तुम्हारे साथ चलने में। तुमसे एकतार बात करने में या फ़ौरी फ़ौरा मुलाक़ात करने में।
ये बिल्कुल ऐसा है जैसे तुम्हारी कलाई को पकड़ना छोड़ना और फिर पकड़ लेना... तुम्हें सोचना, भूलना... फिर याद कर लेना।

❁ ❁ ❁

जैसे कोई बेचैनी, कोई उलझन, कोई डर... जैसे कोई दर्द कोई वहम घर करके बैठा है; जबकि फ़िक्रों के हाथ पाँव ऐसे तोड़े हैं कि लुंजा ही कर दिया। लेकिन ये क्या है कि कुछ छूटने जैसा हमारे दरमियां है।

ये अजब है कि लिखना मिटाना... फिर लिखकर ख़त को न भेजना।

ये कैसी बेख़ुदी है कि बात कहनी सुनानी हो, वो अचानक भूल जाना और तुम्हारे जाते ही अचानक याद आना।

❁ ❁ ❁

इश्क़ करो या नफ़रत कर लो, क्योंकि साक़ित पानी, ठहरे पत्ते, ख़ाली बादल गुमसुम चेहरे, कितने बोझिल- बोझिल से लगते हैं।

❁ ❁ ❁

जो शख़्स आवाज़ देता है, सर उसी ओर घुमा लेते हैं; लगता है अभी ओहदे रुतबे के दुनियावी फ़राइज़ नहीं मालूम।

❁ ❁ ❁

अपनी शख़्सियत पढ़ने दो; पढ़कर सुनाओ मत।

❁ ❁ ❁

हम परस्तिश के लिये ख़ुद को नहीं तराशते है; हम तराशते हैं कि तुम हमें और पत्थरों से अलग देखो।

❁ ❁ ❁

पहले इश्क़ में जिस्म ही क्या, रूह से भी खुश़बू आती थी... बिल्कुल पहली बारिश जैसीः जिसकी बूँदों से ज़मीन से सोंधी खुश़बू बिखर जाती थी।

❁ ❁ ❁

तुम मुझसे चीख़कर लड़ क्यों नहीं जाते।
ये ख़ामोशी के नाख़ुन मुझे चुभते बहुत हैं।

❁ ❁ ❁

कितना सीना भारी था। अब जाकर लगा... सब कबाड़ बाहर कर दिया। जैसा लग रहा एक तीली से उम्र भर लिखे सारे वरक़ फूँककर सुकून पा लिया। जैसे तमाम वो टहनी काट दी, जो मेरी खिड़की दरवाज़ों के भीतर तक आ गयी थी।
ऐसा हल्का लग रहा है जैसे भीगे से पेड़ की हर एक डाली को झटककर हिला दिया, जैसे भीगी पलकों को शर्ट की आस्तीन से पोंछ-पोछ कर सुखा लिया।

❁ ❁ ❁

कभी- कभी लगता है, तुम्हारे पास मेरी जागती रातों के गवाह कम हैंः सुबहों के उगते सूरज, खिलती कलियाँ और दोपहर के दरख्तों की छाँव और शाम आसमां की लाली कम है। कभी- कभी लगता है, तुम्हारे पास मेरे लिए बहुत कम वक्त, पहर , लम्हे है। कभी कभी लगता है कि तुम्हारे पास मेरे लिए बहुत कम लफ़्ज़ कहानी किस्से हैं। लेकिन मैं नहीं चाहता कि तुम्हारे भीतर मेरे लिए बहुत कम एहसास हो..

❁ ❁ ❁

सम्तल मैदान से आये किसी सैलानी का, पहाड़ को देखकर इश्क़ करने जैसा इश्क़ नहीं है; ये इश्क़ तो वहाँ बसने वाले उस पहाड़ी बन्दे जैसा है, जो झील- सा शांत है।

मेरा मन एक घर है, जिसकी दीवारों पर कीलों से ख़्वाब जड़ दिए थे । जहाँ एहसासात को तस्वीरों की शक्ल देकर टाँग दिए था। जहाँ ख़यालों को सलीक़े से तहा के रख दिए थे। जहाँ जज़्बात को क़रीने से सजा के रख दिए थे। जहाँ अरमानों को कालीन की तरह बिछा दिये थे। जहाँ आरज़ुओ को गुलदस्तो के जैसे सजा दिये थे।कम्बख़्त एक दोशीज़ा आयी और पूरा घर उलझाकर चली गई।

मैं बदल रहा था तुम्हारी सूरतों में और तुम बदल रही थी हमारी सूरतों में। एक बार फिर किसी मोड़ पर आकर दो मुख़्तलिफ़ किरदार खड़े हो गये।

मैंने खोल दी है मुट्ठी। मेरे हाथ में दर्द की लकीर को तिनके की तरह ले के उड़ जाओ ओ पंछी!

मैं रूठता हूँ तो सिर्फ़ मैं रूठता हूँ... वो रूठती है तो जग रूठ जाता है।

न तुम्हें जीतना चाहता हूँ और न हारना... हार और जीत की सीमायें नहीं होतीं,

֍ ֍ ֍

जब तुम एक लेखक से इश्क़ कर रहे होते हो, तो एक लेखक बनने की राह पे होते हो। जैसे ड्रैकुला तुम्हारी गर्दन पे दाँत रखकर तुम्हे ड्रैकुला बना रहा हो।

֍ ֍ ֍

कितनी अधूरी- सी हो तुम... आधी बोलती आँखे, आधे घुँघराले बाल, आधी दबी -सी मुस्कुराहट, आधे बोलते से अंदाज़।।

֍ ֍ ֍

कोई हिसाब किताब नहीं इश्क़ में... कि मैं उदास हूँ, मेरे शानों के फ़रिश्ते उदास हैं।

֍ ֍ ֍

रात का स्याह दर स्याह वरक़ और तुमको उजला उजला उकेरते हैं हम।

֍ ֍ ֍

खिड़की बेहतरीन ईजाद है घर के लिए: हालाँकि उससे बेहतरीन है दिल के लिए।

֍ ֍ ֍

मैं पढ़ने के लिए एक कोरी किताब देना चाहता हूँ; अगरचे किसी रोज़ कोई लेखिका मिले... सामने उसके दो घड़ी ख़ामोश बैठना चाहता हूँ।

तुम्हें ताक़त के ज़ोर से, न सर झुकाकर इल्तिजा से अपना बनाया जा सकता है; तुम्हें घात से न दौड़ लगाकर पकड़ा जा सकता है।
तुम वो शख़्स हो, जो ख़्वाब की तरह अपनी मर्ज़ी से आती हो, अपनी मर्ज़ी से जाती हो।

कई बार साहस, बहुत कुछ खोने के बाद आता है; कई बार डर हमारा अपनों की ख़ातिर होता है।

वो ख़ामोश है, मगर मैंने उसकी आँखों में पीछे हटते क़दम देखे हैं। अब राहें बदलने की मजबूरी मुझे अपनी बतानी होगी।

तुमने तो कहा था दुनिया बहुत बड़ी है; लेकिन मुझे कुछ ही दूरी पर तीन बाई चार के दरीचे मे पूरी कायनात दिख जाती है।

उसने कहा, तुम कुछ दुःखी- दुःखी से लगते हो। और मैं तमाम दुःखो के ढेर से, सबसे बेज़रूरत दुःख को तलाशने लगा,

कोई भी चीज़ जब हम जीत रहे होते हैं, तो ठीक उसी वक़्त कुछ हार भी रहे होते हैं।

रोमांटिक का शाब्दिक अर्थ छिछोरा नहीं होता। इंसान वही रोमांटिक हो सकता है, जिसमें एहसास का माद्दा हो, जिसमें जज़्बात हो, जिसमें खुद्दारतमादी हो, जिसमें आरज़ूए हों, जिसमें तवानाई हो, जिसमें हमीयत हो, जिसमें फ़िरासत हो... जो बेइंतहा हस्सास हो, जिसका वजूद बहुत छोटी- छोटी चीज़ों से जुड़ा हो, जो नाशुक्रा न हो: जो अलसाई हवा को तेज़ कर दे, जो सूखते गुलाब में महक भर दे, जो फीके रंगों में चमक भर दे, जो मुस्कराहट में दर्द जान ले, जो भीड़ में तुम्हें पहचान ले।

ज़हन पे कुंडी लगाई, दिल की दहलीज़ पे जा बैठे। इस तरह तुम्हें वक़्त दिया, ख़ुद से मिलने से पहले।

एक लेखक थोड़ा- सा चित्रकार होता है और एक चित्रकार, बहुत बड़ा लेखक।

कई दर्द में तुमसे मिला भी एक दर्द था... जैसे समंदर के भीतर एक समंदर था, जिसका ओर छोर मुमकिन न था। कोई थाह न पाये, इतना गहरा, कोई राज़ खुल न पाए इतना गहरा। जहाँ तक नज़र न पहुँचे उतना वसीह, जहाँ तक कोई कश्ती न पहुँचे ऐसा गिरदाब।

कई बेचैनियों में तुमसे मिली बेचैनी भी थी, जैसे तनहाइयों के कमरे में बैठी एक अलग तनहाई... जैसे चीख़ती आवाज़ों के बीच सिसकियों की खाई, जैसे रंगीनियों के बीच एक शाम मुरझाई,

तुमसे मिले वादों में एक वादा ऐसा भी था, जैसे ईसा का फिर से लौटना, जैसे भूली बात का फिर से याद होना, जैसे धुँधली तस्वीरों का फिर से साफ़ होना,

उसे जब मुझसे प्यार था, तो मुझे न था...मुझे अब उससे प्यार है, लेकिन अब उसे मुझसे प्यार नहीं।

ये किरदार है या किसी मुसव्विर का कुर्ता... हर रंग की छींट यहाँ मिल जाएगी।

हर एक बूँद के पीछे एक बूँद मिल जाती है ज़मी पे आकरः जैसे दुनिया जहान की सारी बातों का तुम ही हो कोई आख़िरी ठिकाना।

तुम वही बेहतरीन दोस्त हो, जिसने मुझे हाथ से मक्खी पकड़ना सिखाया था और चाक को पिन और ब्लेड से खुरचकर चेहरा बनाना सिखाया था। तुम वही दोस्त हो, जिसने पेंसिल और किताबों को हाथों पे नचाना सिखाया था।

❁ ❁ ❁

वो दूर जाता है तो पलटने की कोई शय बाक़ी नहीं रखता; मैं दूर जाता हूँ तो लौटने के हज़ार बहाने छोड़ जाता हूँ।

❁ ❁ ❁

तुम कोई दो सौ छह हड्डियों और कुछ मांसपेशियों के इंसान ही नहीं हो; अभी तो तुम्हे तुममें से ही बाहर आना है। मैं जानता हूँ, सबको प्रेमी- प्रेमिका, पति- पत्नी, माँ- बाप, भाई- बहन जैसे और भी रिश्ते चाहिए... लेकिन तुम्हें हैरत नहीं होना चाहिए कि बहुत से लोगों को आज भी इंसान चाहिए।

❁ ❁ ❁

इंसान मुतमइन होता है किसी को देखने से, छूने से, साथ रहने से या बात करने से । यक़ीनन मैं कम बोलता हूँ, फिर भी बात करने से मुतमइन होता हूँ ... अगर सिर्फ़ तुम इकतरफ़ा बोलते रहो।
मुझे सुनना पसंद है; वो भी इस दौर में, जहाँ लोग कहते हैं, मुझे किसी की नहीं सुनना। हर इंसान कहने को बेचैन है, लेकिन सुनने वाले कान बहुत कम हैं।
देखो, तुमसे बात करके मुँह का सलाइवा भी नहीं सूखता।

❁ ❁ ❁

वही एक घर है, जहाँ दरवाज़े भीतर से बंद रहते हैं, वही एक जगह है, जहाँ दस्तक देकर आना अच्छा नहीं लगता।

मेरे नज़दीक कुछ एक लफ़्ज़ हैं, पुराने सिक्कों की तरह। वक़्त के साथ चलन में नहीं हैं, लेकिन क़ीमती हैं।

धूल में लिपटी एक पुरानी किताब, साफ़ करने के लिये पानी की नहीं, दो जोड़ी आँख और उँगलियों की ज़रूरत है।

सलीक़ा कोई तुमसे सीखे, कि आँखों से बात भी करती हो तो लगता है पलकों से कुछ लिख रही हो जैसे।

और मैंने उससे कहा कि मेरे लफ़्ज़ पेड़ से झड़ते फूल की तरह नहीं हैं: ये तो बबूल के तनों से फूटकर निकलने वाले गोंद की तरह हैं, इन्हें बटोरा नहीं खुरचा जाता है।

तुम्हारे गाँव का वो सुरमई विशाल पहाड़ मेरी आँख की कत्थई पुतलियों में पूरा पूरा समा जाता है: तुम हाथ तो थामो, मेरा दिल अभी ख़ाली है।

जिस दिन तुम मेरे लफ़्ज़ों से थक जाओगी, उस दिन इस आँगन की नीम से निमकौरी गिरना बंद हो जायेंगी। जिस दिन तुम मेरे एहसासातं से बोझिल हो जाओगी, उस दिन इस छत की मुँडेरों पर वो 'महेक चिड़िया' फिर न आएगी।

֍ ֍ ֍

उनके मुल्क में ऊँचे नीचे दरख़्त होते हैं... हमारे यहाँ जातियाँ

֍ ֍ ֍

ख़ूबसूरत शय मुख़्तसर लम्हों के साथ हासिल होती है। उफ़क़ में डूबते सूरज का रंगीन नज़ारा, सुबह के खिले फूलों पे शबनम के क़तरों का सदफ़ बन जाना, बारिश के बाद कौज़े कुज़ह का निकलना, कई दिनों के इन्तिज़ार के बाद तुम्हारा यकबयक दिख जाना।

֍ ֍ ֍

जिन पहाड़ों की चट्टानों पे हम रहते हैं, उन्हीं चट्टानों का फ़र्श तुम्हारे घर पे है... ये अलग बात है कि मेरे पैर तुम्हारी तरह चिकने और ख़ूबसूरत नहीं हैं।

֍ ֍ ֍

हमारे लिए ये ज़िम्मेदारी है कि अपना अनुभव देकर जाएँ, जबकि ये नाजायज़ है कि अपने बाद अपनी चीज़ें छोड़ जाने के लिए ज़बरदस्ती जद्दोजहद करना।

֍ ֍ ֍

वो कौन थी, जो इंसानों से बात नहीं करती थी। न ख़ैरियत, न रस्मो राह रखती थी। कौन से दुःख दिए थे इंसानों से, वो किसी से सवाल भी नहीं करती थी
वो कौन थी अब पत्तियों को समझ रही। उसने शाख़ों का हाल जान लिया। वो बच्चों के जैसे दौड़कर तने से आके लिपट गयी। वो बेचैन होकर जड़ों को लगी सोचने।
वो कौन थी जो हर एक शजर से दुनिया जहान की बातें कर रही वो कौन थी जो सूखी घास पर उँगलियाँ फेरकर फिर से ज़िंदा कर रही।

बेड के एक छोर पर
ख़ुद के वजूद को
जितना सम्मेत सकता था
उससे कहीं ज़्यादा
सम्मेटा हुआ है
समझ नहीं आता कि
बची हुई चादर
या फिर बची हुई दुनिया में
कौन ज़्यादा मुँह चिढ़ा रहा है

मैं मुस्लिम की तरह एक बार जीने के लिए पैदा होता हूँ; हिन्दू की तरह हर रात मेरा दाह- संस्कार होता है और एक सुबह यीशु की तरह मैं जी उठता हूँ!

जुलाई, बारिश और स्कूल का पहला दिन। पानी से भरे गड्ढों से बचते- बचाते नन्हे- नन्हे से पाँव, घबराहट... रुआँसा- सा चेहरा, गीली आँखों मे बेचैनी- सा भाव।

֍ ֍ ֍

दुनिया में बड़ी ख़ुशी जैसा कुछ भी नहीं होता। ये वाक़ई अपनी परछाई पकड़ने जैसा है। बेहतर ये है कि छोटी खुशियाँ अच्छे से मनाई जायँ चलो सुनसान हाइवे पे हलकी बारिश के बीच किसी झोपड़ी में चाय पीते हैं।

֍ ֍ ֍

तुम मेरे ही जैसी हो... मैं लोगों को उनके एहसासात पर खरा न उतर पाने के लिए किनाराकशी करने की बात करता हूँ; तुम वही बात मुझसे करती हो, जब मैं तुम्हारे लिए लोग बनता हूँ।

֍ ֍ ֍

हर ठोकरें परत दर परत रूह से छिलके बाहर कर रही और रूह नये तजुरबे के साथ हौसलों की कसौटी पर फिर से तैयार हो रही है।

֍ ֍ ֍

भावुकता में कहे गए तमाम एहसासात का जब मज़ाक़ बनता है, तभी इंसान में ख़ामोशी आती हैं... बनने टूटने की तमाम चीजें भीतर ही होती हैं।

֍ ֍ ֍

हाथों से फिसल के गिरी थी तुम, मगर फिर हाथों से उठा लिया था। इस बार नज़रों से गिरी हो और मेरी पलकों में वो क़ूवत भी नहीं।

❁ ❁ ❁

अधूरी कहानी लिखना पसंद है... जैसे आधा इश्क़ और आधा चाँद; जैसे आधी कली, आधा फूल
जैसे आधी बेपरवाही, आधा उसूल,
जैसे आधी बारिश, आधी धूप।

❁ ❁ ❁

जो शख़्स दिल से उतर गया, वो उतर गया।

❁ ❁ ❁

जबकि आशिक़ों के लिए रात नहीं होती, बल्कि यादों की टिमटिमाती लौ के बीच अँधेरा होता है। रात और अँधेरे में मुख़्तलिफ़ फ़र्क़ है।

❁ ❁ ❁

अगर मुझसे तुम कुछ माँग सकते हो तो मेरा ख़ालीपन माँगो... बेशक मेरे दिन रात तुम्हारे होंगे।

❁ ❁ ❁

सबसे सधे हुए लफ़्ज़ों के साथ कही गयी बात याद नहीं रहती।

कितनी बातें कहना तुमसे कितना आसां हो जाय... गर तुम थोड़ी पलकें नीचे करके मेरे पैरों को ज़मी में देखो और मैं थोड़ी पलकें ऊँची करके बादल में पैर तुम्हारे देखूँ।

प्यास है
लेकिन गले में नहीं
तलवों में है
गहरी है रात
लेकिन सिरहाने नहीं
घड़ी की सूइयों में है
इस समय भी
जिस्म बिस्तर पर है
लेकिन रूह नहीं है
एक अनोखी यात्रा है
करवट से करवट तक

ज़हन के भीतर एक झील, एक नदी, एक समुंदर और एक तुम... कि
झील को तलब नदी की, नदी को समुंदर की और समुंदर को तुम्हारी।

रोज़ ही चाँदनी आती है उजली सी चादर लेकर और हम रात का स्याह कम्बल ओढ़ के कहीं छुप जाते हैं।

क्या ग़म है तुम्हें, हर लफ़्ज़ में खोये- खोये से लगते हो; तुम्हें तो ढंग से लतीफ़ा कहना भी नहीं आता।

ये दुनिया बहुत आसान थी उसके पहलू में; वो ज़रा दूर क्या गयी, अपनी ही साँसें अब सुलझतीं नहीं।

वो बादलों पे चलके कहीं भी जाय उसका आँचल मेरी छत से हटता नहीं।

जो मुट्ठी में रेत थी, वो जिस्म था; जो उँगलियों से निकल गयी, वो रूह थी।

रेलिंग पे शबनम की पड़ी नन्ही-नन्ही- सी बूँदों को उँगली से एक करना; फिर बड़ी- सी बूँद बनाकर गिरा देना... तुम्हे पता है, कई बार तुम्हें मैं दिन के अलग -अलग लम्हों में इकट्ठा करता हूँ और किसी रात में तुम्हे दिल से मिटा देता हूँ।

मैं चलता हूँ
चलने की बेख़याली में
चलती तुम भी हो
अकेले सफ़र में
मंज़िल की तुम्हें ख़बर है
राह तुमको पता नहीं
मुझे राह की ख़बर है
लेकिन होश मुझको नहीं
जब दुश्वारकुन है सफ़र
मेरे साथ क्यों नहीं चलतीं!

तुम वो शख़्स हो, जिसके लिए मेरे पास हज़ारों सवाल हैं।

उसका रंग साँवला था: जिसमें एक ताज़गी- सी थी। जैसे कोई छपकर निकलने वाली नई और साफ़ किताब। ज़िन्दगी का ये पहला नशा था... नयी किताब को खोलकर सूँघना ज़िन्दगी का ये आख़िरी नशा था... तुम्हारे बालों से आती एक भीनी सी ख़ुशबू।

वो कहती है तुम उदास क्यों रहते हो... और उसको इसकी वजह न बता पाना मुझे कितना उदास कर गया

तुम इश्क़ के नख़लिस्तान में रहकर भी वफ़ा के तिश्नालबी थे और मैं दूर कहीं से किसी बच्चे की तरह नन्हे हाथों में वफ़ा भर के लाया था। वो इश्क़ का जज़्बा था, जो कभी कम न होगा... बस तुम एक- एक बूँद की क़ीमत समझना।

ये अजब है कि दिन जिसे झिड़का किये, रात वही शख़्स याद आता है और जिसे सबसे ज़्यादा तकलीफ़ दी, वही दिल में घर कर जाता है। ये बिल्कुल ऐसा है कि भीगे हुए कपड़े को देर तक झटकना, सिलवटों से दूर करना, धूप में रखना।

सुबह- सुबह 'मेहर' चिड़ियों की आवाज़ आ रही, सफ़ेद चादर ओस से ठंडी लगने लगी है, आंगन में कोई पेड़ नहीं फर्श पे बेले के फूल नहीं बिखरे हैं... लेकिन ख़ुशबू आ रही हो। सहन में कोई तेज़- तेज़ झाड़ू लगा रहा है। जैसे बड़ी- सी कोई झाड़ू, जिससे खर खर की आवाज़ आ रही हो।
दोपहर। वो बुढ़िया दिख नहीं रही, लेकिन जैसे सूत कात रही होः हल्की हल्की चरखे की आवाज़ आ रही है। वो बूढ़ा मल्लाह नाव खे रहा हैः उसका चेहरा गायब है, लेकिन पसलियाँ दिख रही हैं।
रुई कहीं नहीं है, लेकिन कोई धुनक रहा है... जैसे सितार कानों में गूँज रहा है,

प्रेम जैसे ही अंकुरित हुआ, हम समझ गये, ये पीपल के पेड़ जैसा विशाल नहीं होगा: ये एक छोटे से गमले का पौधा होगा। इसकी उम्र कुछ ज़्यादा न होगी, लेकिन जितने दिन भी जियेगा, ये मन की छाया में ही जियेगा।

❁ ❁ ❁

आप बिक चुके हैं: मगर क्या बात है कि बार बार ख़रीदे जा रहे हैं।

❁ ❁ ❁

सत्रह चक्कर उसकी गली के और एक लम्हे का दीदार... जैसे रोज़ाना की बारिश में सहसा इंद्रधनुष का दिख जाना।

❁ ❁ ❁

चले जाओ! और फिर अचानक कहना, क्या तुम सच मे चली जाओगी... प्रेम का ये मानसिक द्वंद्व सबके हिस्से में आता है...

❁ ❁ ❁

तुम्हारा रंग मुझ पर बेशक चढ़ सकता है, मगर तुम मुझमें मिट्टी के जैसी मिल नहीं सकती। ये ज़हन, ये जिस्म: पक चुका है किसी की नफ़रतों की आँच में।
हमेशा की तरह तुम गुस्से में बड़े- बड़े डग रखती हुई जाओगी, तो मुझे यक़ीन रहेगा, तुम लौटोगी। जिस दिन तुम छोटे छोटे डग रखकर जाओगी, मैं समझ जाऊँगा... तुम सबकुछ समेटकर हमेशा के लिए जा रही हो।

❁ ❁ ❁

हर शब कितना सफ़र तय करके आती है उसकी रूह...हर बार सोचता हूँ, जाने कहाँ होगा उसका जिस्म। झुँझलाकर मैं नहीं खोलता हूँ खिड़कियों के पट...सुबह तलक थक के लौट जाती है उसकी रूह...

अच्छे मेज़बान हैं हम, चाहे आप 'ग़म' से पूछ लो: कितना अरसा हुआ है ग़म को दिल में रहते हुए। सिफ़त ये है कि न मैंने कहा, अब उठो और न उसने कहा कि मैं चला।

किसी से बात नहीं कर पाता। अक्सर बात करते हुये बहुत देर तक चुप रहता हूँ। मुझे पता है, तुम्हारे अलावा सारी दुनिया को जल्दी है।

समुदंर! कितना वसीह... कितना गहरा... हदे निगाह तक बस पानी ही पानी। किसके लिए और क्यों है इतना पानी। डर लगता है इतने ज़्यादा पानी से। हर ज़्यादा शय से डर लगता है। जेब मे ज़्यादा पैसे से भी वहशत होती है... सड़कों पर ज़्यादा भीड़ से भी: आसमान में बहुत ज़्यादा सितारों के चमकने से भी। बहुत ज़्यादा इश्क़ के एहसास से भी।
ज़रा और ज़रूरत भर सुकून देते हैं। ज़्यादा से हमेशा उलझन होती है। लिखते हुए जब लफ्ज़ ज़्यादा लगने लगते हैं, तो अधूरे पर ही छोड़ देता हूँ।

ख़ुद को देर तलक मनाने के लिए
हर एक शख़्स से लड़ के बैठा हूँ

❁ ❁ ❁

ज़िन्दगी अपने सबसे ठहराव के दौर में है: दरख़्त से एक पत्ती भी गिरती है तो झील में लहर- सी आ जाती है, बिल्कुल वैसे ही, जैसे बरसों किसी ने आवाज़ न दी हो और तुमने मेरा नाम आहिस्ता से पुकारा हो।

❁ ❁ ❁

दुःख घटता और बढ़ता रहता है... चाँद के जैसे और उदासियाँ बादल सी घिर आती हैं। दर्द की एक लकीर आकाशगंगा सी माथे पे छा जाती है और आँख से बरस जाते हैं वो बदलते सारे चेहरे।

❁ ❁ ❁

वो क़तई सवेरा नहीं चाहता: उसे मोमबत्ती को, बुझने की आख़िरी हद तक पिघलते देखना है...वो चाहता है कि वो हमेशा उसका ही इंतिज़ार करे: उसके बुझने तक...

❁ ❁ ❁

असल मे चाँद के साथ... चले हैं ख़ूब आप...मगर क्या ये सच नहीं है ... कि दूरी सूत भर कम नहीं हुई है...

❁ ❁ ❁

तुम गर सुनो... तो हम तुम्हें सुनाएँ कि हर लम्हा एक सानिहा है.. हर नफ़्स एक ग़मआमेज़ कहानी है।

❁ ❁ ❁

मैंने बच्चों की खरोंच पर पाँच सौ रुपये की क्रीम लगाते देखा है; मैंने ड्राइवरों को ज़ख़्म पे डीज़ल लगाते देखा है, मेकैनिक को ग्रीस लगाते देखा है, बढ़ई को लकड़ी का बुरादा, किसान को फावड़े की मिट्टी, बनिए को बीड़ी का खोल, मौलाना को वुज़ू का पानी, साधु को गंगाजल। सब ठीक हो जाते हैं... सिवाय मेरे दिल के ज़ख़्म के।

❁ ❁ ❁

तुम्हें मालूम है मैंने हर उस चीज़ की चाह की है, जिसे मेरे लिए लिखा नहीं गया है। हर वो चीज़ मुझे मिली है, जिसकी मुझे चाह नहीं।

❁ ❁ ❁

मुझे नहीं पता जो लोग पास होते हैं, वो नज़दीक होते हैं... लेकिन मैं ये बेहतर जानता हूँ ,जो लोग पास नहीं रह पाते, वो यक़ीनन नज़दीक होते हैं।

❁ ❁ ❁

कभी तुमने चाँदी के वरक़ को बनते देखा है... बस यूँ समझिए कि उसकी आँखों से काजल को लेकर रात की चादर बना दी गयी।

❁ ❁ ❁

जाते हुए छूट गयी हैं कई चीज़ें। एक चेहरा भी है उनमें, जिसे तुम वापस लिए जाना।

वो इतनी डरपोक थी, कि हमेशा बैग में छुपाकर रखता... वो गिफ़्ट की हुई एक महीन-सी रिंग भी नहीं पहन सकती थी।

ये रात का अँधेरा काजल- सा है; किसी दीये की लौ इसे बनाती है।

बिछड़ने के वक़्त उसने क़दमों की आहट सुनी और मैंने उसके क़दमों के निशां देखे... वो शख़्स पहले गया था

मैं दो घड़ी तुमसे बात करना चाहता हूँ... एक घड़ी एकटक तुम्हें देखना और एक घड़ी चुप रहना चाहता हूँ...

जिस लम्हा तुमसे रिश्ता तर्क करके ख़ामोश रहा।
लाज़िम था उस रात चीख़कर ख़ुद से लड़ जाना।।

नदी, नाले, पोखरों तालाबों में पानी ऊपर से बराबर ही दिखता है। मेरा हाल भी पानी ही जैसा... दुःखों, सुखों, बेचैनियों और वेदनाओं में भी एक जैसा ही दिखता है।

❁ ❁ ❁

तुम्हे ऊँचाई से डर लगता है और सिफ़त ये, कि तुम्हें सर पे बिठा रखा है।

❁ ❁ ❁

हमने समुंदर नहीं देखा...
अपनी आँखें देख लो..
हमें रेगिस्तान भी देखना है
मेरा दिल देख लो।

❁ ❁ ❁

एक कप कॉफ़ी साथ नहीं पी: साथ कोई फ़िल्म भी नहीं देखी, दो घड़ी सुकून से साथ भी नहीं बैठे, साथ चलते हुये कोई दूरी भी तय नहीं की... लोग कहते उन दोनों में बड़ा इश्क़ था।

❁ ❁ ❁

बहुत- सी ख़ूबसूरत शय होंगी, जिन्हें ख़ुदा ने नहीं बनाया होगा। हमने इस बारे में न सोचा और न परवाह की... हमारे लिए जो मयस्सर है उसी को सोचते हैं। हमारे नज़दीक भी बहुत कुछ हमारे लिए नहीं है... बेशक हमें इस बारे में नहीं सोचना होगा।

❁ ❁ ❁

बस उतनी ही उम्र चाहिए, कि जिस उम्र तक आँसुओं के लिए आँखों में नमी हो और ज़हन में वो गहराई हो, कोई कविता सोच सके और उँगलियाँ क़लम के साथ किसी वरक़ पर रक्कासा की तरह धुन पे उसी थाप से नाचती रहें और ये जिस्म उठकर अपनी मर्ज़ी से एक गिलास पानी पी सके।

एक- दूसरे के मुख़्तलिफ़ वजूदों के बीच उगा ये इश्क़ का सायादार दरख़्त है। इसकी जड़ो में तुम्हारी तल्ख़ियों के क़तरे हैं। इसकी टहनियों में तुम्हारा अकड़पन है। इसके पत्तों में तुम्हारी बेरुख़ी है। इसकी हवाओं में तुम्हारी चुभन है, इसकी फुनगी में तुम्हारा ग़ुरूर है।

पहला इश्क़ था...बारिश थी... बूँदें थीं... दीवानगी थी..पागलपन था... जुनूँ था.. बारहा ग़म थे। तुम थी और ग़लत थी... लेकिन ख़ुश था...
अब्र है... बारिश हैं... बूँदें है... इश्क़ है.. सही है... लेकिंन ख़ुशी नहीं।

बादल के जैसे हाथ थे... छुआ और भिगो गये।

उसने कोई वादा नहीं लिया; उसकी कोई शर्तें नहीं। वो शख़्स बड़ा अजीब है, कि मिला तो जैसे ख़ुद का हमसाया हो... कि बिछड़ा तो जैसे ख़ुद से बिछड़ गया हो।

कुछ लोग होते हैं, छूकर गुज़र जाने के लिए।

हम दोनों के पास अँधेरे हैं; हम उँगलियों के पोरों से ज़िन्दगी जीते हैं।

उसकी आँखें बिल्कुल ऐसी हैं, जैसे किसी लहर से पत्थर ताज़ा-ताज़ा भीगा हो और पत्थर डूबा भी न हो।

तुम बारहा आई, लेकिन कभी भी कुछ लम्हा ठहरती नहीं!!
तुम आई वक़्त के फ़ासले को धनक की डोरी से जोड़कर, जो बारिश के बाद मिटने की जल्दी लिये होता है
फिर तुम आई, नयी सुबह की तज़ल्ली में छनकर, जो चढ़ते सूरज से तेज़ होता जाता है
फिर आई तुम चाँद की शुआओं में लिपटकर, समुंदर की लहरों में बढ़कर, हवाओं की सरगोशियों में सिमटकर और मै वही खड़ा तुम्हें ये सोचकर महसूस करता रहा तुम ठहरो तो कुछ बोलूँ।

मैं ज़मीं के इस छोर से उस छोर तक... मगर उसकी क़ैद में नहीं... हालाँकि वो चाँद जैसा कोई दरख़्त और साया उसका पूरे ज़मीं पे जैसे फैली कोई चाँदनी।

दो घड़ी साथ बैठे। उसने माथे और हाथ पर चोट के निशान के बारे में पूछा, मैंने कहा घर बाहर चीजें, पत्थर की थीं। हालाँकि उसके पैर पर निशान मैंने भी देखा, लेकिन पूछना बेहतर न समझा। उसके पास क़िस्सो की कमी नहीं थी... वो हर क़िस्सा तफ़सील से बयां करती थी।

एक आदत थी... उसका हाथ थाम के उँगली चिटकाना। मिलाये अब किसी से भी हाथ, उँगलियो में एक हरारत बाक़ी रहेगी।

रुकी हुई साँसों के बीच एक इंतज़ार। फँसी हुई ज़िन्दगी के बीच एक एहसास और पलकों में दबी-दबी नींद के बीच क़यामत सी रात।
अचानक धीरे से दरवाज़े का खुलना और एक अंधेरे में साये का करीब आना। मटियाले आसमान के बीच, कुछ थके हुए तारों के बीच तुम आई और सुबह चादरों की सिलवटों के बीच एक बारीक-सी पायल, जो साबित कर रही... ख़्वाब नहीं था।

वो न तो माज़ी की बात करती है और न मुस्तक़बिल की मैं सहज महसूस करता हूँ ऐसे लोगों के साथ।

❁ ❁ ❁

उसकी आँखों में हम मुकम्मल समाते ही नहीं ... और लोग कहते हैं उसकी आँखें है बड़ी।

❁ ❁ ❁

हमारा कोई भी काम महान नहीं है: हमारा जन्म और हमारा प्रेम भी नहीं।

❁ ❁ ❁

प्रेमपत्र किसी के लिए भी लिखा गया हो, पढ़कर अच्छा लगता है... जैसे किसी परिंदे की बोली किसी परिंदे के लिए ही क्यों न हो, सुनना अच्छा लगता है।

❁ ❁ ❁

एक दर्द ने मुझे मेरी रूह से तआर्रुफ़ करवाया... एक और दर्द मुझे मुझसे परवाज़ करा देगा।

❁ ❁ ❁

जहाँ पूरी ज़िंदगी पकड़ रखने की चाह लिये हों, वहाँ तुम्हारा न होना कितना बड़ा ग़म हो सकता है।

❁ ❁ ❁

पापड़, नीम, बजरी, पत्थर, धूल, रेत, बैंक कर्मी जैसे रूखे-सूखे, ख़ुश्क मिज़ाज क्यों हो
अच्छा फिर तुम क्यों चाय, वुज़ू, ग़ज़ल, फूल, गौरैया जैसी छुईमुई नख़रीली नाज़ुक मिज़ाज क्यों हो

हम अगर ज़िन्दगी को तमाशो से हटकर सोचें... तो शाम किसी तार पे बैठे दो उदास परिंदों जैसी है।
दुनिया के लिए बिल्कुल गूँगी...

रातें, मीलों का बोझिल सफ़र है...दिन वहशतों की आपाधापी।
शाम मुख़्तसर हैः उसके नज़र आने की तरह।

बे'कहे के हैं उसके चेहरे के ताआस्सुरातः जाने क्यों उसके मन के हिसाब से नहीं चलते,

तुम्हारे जाने के बाद
मैंने जाना दुनिया बहुत बड़ी है
और हमें कितना सिमट के रहना है।

तुम वेद हो...मैं दर्शन हूँ
दुनिया को अलग देखने के लिए
मुझे तुमसे सामग्री मिलती है

उसे सीखना था... स्वीमिंग, स्काई डाईविंग, स्केटिंग, ट्रैकिंग, हॉर्स राइडिंग, सर्फिंग... और मुझे सीखना था, माइक्रोवेव, वाशिंग मशीन, चाय बनाना और बटन टाँकना।

उनकी हज़ार इल्तिजा थी। हमारी अपनी ज़िदें थीं... मगर हमने बदला ख़ुद को उनके जाने के बाद... कि कई बरस बाद मिलके वो कहते हैं कि तुम सही थे, जैसे पहले थे।

उजले कपड़ों के ढेर में एक सुर्ख़ रुमाल हो तुम।

इंसान की दाढ़ी और जिस्म यीशु की तरह और चेहरा बुद्ध की तरह शांत होना चाहिये।

तुम्हारी हथेलियाँ तितलियों के पंख जैसी... छूते हैं तो रंग उतर आता है।

वो कहते हैं... आप ठहर-ठहर कर बोलते हैं...
भला हम उनसे क्या बताएँ
भीगे से लफ़्ज़ों को पहले हम तौलिये से पोछते हैं।

❁ ❁ ❁

उसने पूछा हम क्या करते हैं
मैंने कहा हम ग़ैरों के चाके गिरेबां सिलते हैं,
उसने कहा तुम ख़ादिम हो?
मैंने कहा, बस आपका हूँ।

❁ ❁ ❁

इश्क़ तड़पता है... बल खाता है... लेकिन छिपकली की दुम जैसा नहीं कि टूटकर फिर उग आता है...

❁ ❁ ❁

मेरा वजूद भीगी ज़मीन की तरह तब तक नर्म है, जब तक तुम्हारी याद के क़तरे पड़ते रहेंगे

❁ ❁ ❁

जो शख़्स बादलों से उतरा ही नहीं , उसे हमनें ज़मीं पे उकेरा है।

❁ ❁ ❁

तुम नहीं हो, मगर तुम्हारे हिस्से का शिक़वा मुझे हर शख़्स से है।

❁ ❁ ❁

तमाम उम्र को अलगनी पर लटकाकर इंतज़ार की धूप में सुखाते रहे और कमबख़्त उम्र ख़ुश्क हुई तो ऐसी हुई कि एक लफ़्ज़ की ठोकर से रेज़ा- रेज़ा बिखर गई।

अब लगता है दुनिया की आँखों ही सब कुछ हैं... जैसे अब कुछ भी निजी नहीं ... सबकुछ ज़ाहिर कर देने जैसा; यहाँ तक इश्क़ भी... ये बहुत बुरा है... नैसर्गिकता खोने जैसा।

अक्सर हम ग़लत होते हैं। ये बड़ी बात नहीं है... लेकिन तुमसे ये कहने की ताक़त नहीं रख पाते इसलिए ख़ामोश हो जाते हैं और ख़ामोशी ग़लत को ज़्यादा ग़लत कर देती है।

यहाँ एक दिल सँभलता नहीं और उसकी स्कूटी की 'की रिंग' एक दिल, जिस पर लाल रंग से लव लिखा हुआ... उससे जुड़ा एक छोटा-सा दिल और उस छोटे से दिल से जुड़ा एक और छोटा दिल, फिर कुछ एक छोटी छोटी घण्टियाँ। हर घण्टी के बीच में एक मोती... वाक़ई ज़िंदगी कितनी पेचीदा बना रखी है उसने।

मैं अब से पहले तुमसे कभी नहीं मिला, जबकि मैं मिला तुमसे... बारहा मिला।

उसे फूल चाहिए था। सलीक़े से...मैं एक दूब फँसा आया ज़ुल्फ़ों में...उसे मोर पंख चाहिए था किताब में रखने के लिए...मैं किताब में अपनी तस्वीर रख आया।

❁ ❁ ❁

आँख बंद करके रोटियाँ, अशर्फ़ियाँ लुटाओ मत...भीड़ को ग़ौर से देखोः शायद उनमें से किसी को कुछ वक्त और कुछ अल्फ़ाज़ की ज़रूरत हो।

❁ ❁ ❁

ज़िन्दगी की सबसे बेहतरीन रात, जो घोड़े पे सवार होकर पलक झपकते गुज़र गयी, सबसे बेहतरीन दिन, जहाँ घोड़ा, नदी किनारे छाँव में फुरसत से ऊँघ रहा था

❁ ❁ ❁

कुछ भी तो नहीं बदला है... पहले उसकी बारीक उँगलियाँ मेरे ऑडियो... कैसेट की उलझी रील सही कर देती थीं, उसके नाज़ुक हाथ मेरे तमाम नोट्स तैयार कर देते थे, उसकी आँखें सारी उलझने ग़ायब कर देती थीं... और आज भी उसकी बातें मेरी उलझी ज़िन्दगी के हर पेंच सुलझा देती है।

❁ ❁ ❁

दुनिया का सबसे बेहतरीन कवि... जिसने बच्चो के लिए कविताएँ लिखी... और सबसे अच्छा विदूषकः जिसने बूढ़ों को हँसाया।

❁ ❁ ❁

कोई चीज़ मेरे कमरे से हटाई गयी है... मैं जानता नहीं वो क्या है; उसकी ज़रूरत शायद मेरे लिए कुछ भी न हो... मगर मुझे लगता है कि कमरे में बस उस शय की शिद्दत से कमी है... बिल्कुल तुम्हारे चेहरे की तरह...

मैं थोड़ा ख़ुद को और थोड़ा तुम्हें लिखता हूँ... जैसे रौशनी से सूरज तुम्हें और रौशनी से तुम सूरज को देख लेते हो।

बहुत नाज़ुक था प्यार... मगर मुझे नहीं पता था... कलाई पे लिपटी दूब कब धागा बन गयी, धागा कब रेशम की डोर बनी, रेशम की डोर, कब मोतियों की लड़ी बनी, मोतियों की लड़ी कब पीतल का कड़ा बनी... और पीतल का कड़ा कब लोहे की साँकल बन गयी।

कपड़े उलझे और बिखरे रहते हैं, लेकिन किताबें सलीक़े से सजायी है। ये बात और है कि भीतर कितना कुछ बेतरतीब है... लेकिन तुम्हें पढ़ने के लिए ख़यालों को बेहतर सजाया है।

यादों के बादल ज़हन के आसमां में उमड़- घुमड़ रहे हैं, उँगलियों से पुखराज से लफ़्ज़ गिरते हैं, छप्पर की तीलियों से गिरती बूँदों की तरह।

आँख में आँसू भरा है। ताज़ा नहीं है... किसी एड़ी से निकला ज़मज़म और न सिंधु गंगा-सा है... बस पिछले किसी बरस के बादल से भरा है। साफ़ नहीं है किसी पहाड़ से, धरा से भी नहीं निकला है... बस एक झील सा साकित बना है। कुछ धुँधला-सा है, ज़्यादा नहीं है इसलिये छलककर भी नहीं गिरा है।
तुमको मालूम है... ऐसे ही आँसू में कमल खिलते हैं... ऐसे ही कमल पर वीणा बजती है और ऐसे ही आँसू जब छलकते हैं तो सीप में मोती बनते हैं।

ये सारे परिंदे कभी बोलने जैसा कहते नहीं... हमेशा गुनगुनाते हैं... ये पेड़ कभी दो चार क़दम चलने जैसा चलते नहीं हमेशा बादल छूने के लिए सर उठाते है।
ये पहाड़ कभी बच्चों जैसा लड़खड़ाकर गिरते नहीं... लेकिन कभी दिल के टूटने जैसा टूटकर बिखर जाते है।

आसानियों से हासिल हर शय से मुझे उलझन है। तुम्हे मालूम है मैं हाफ़ स्लीव्स शर्ट नहीं पहनता... ये अलग बात है कि फुल स्लीव्स को बिना फोल्ड किये कहीं नहीं जाता।

कोई मुझसे वो सवाल क्यों नहीं करता, जिसका जवाब मैं हथेलियों पे लेकर फिरा करता हूँ...

तुम्हारा अचानक जाना ऐसा था कि जिन्होंने पतंगे उड़ाई होंगी, उन्होंने महसूस किया होगा कि तनी हुई डोर जब कटती है तो दिल पे लम्हे भर के लिए धक्क सी आवाज़ होती है...ये डोर का ढीलापनः मानो कोई दुनिया छूट गयी हो।

ज़िन्दगी अपने सबसे ठहराव के दौर में है। दरख़्त से एक पत्ती भी गिरती है तो झील में लहर- सी आ जाती है; बिल्कुल वैसे ही, जैसे बरसों किसी ने आवाज़ न दी हो और तुमने मेरा नाम आहिस्ता से पुकारा हो।

हम मानें या न मानें, लेकिन हम दोनों के दरमियां सबसे ज़्यादा भुलाई गयी बात इश्क़ थी

जिस तरह कोई तितली हाथ पे आकर बैठ जाती है और देर तलक बैठी रहती है... हूबहू उसी तरह गौरैया का हाथों पे बैठ जाना तुम्हें कुछ-कुछ बुद्ध जैसा होना बताता है।

क्या ज़रूरी था आँख से देखना! मैंने तो एक रात हथेली और उँगलियों से उस ख़त को छूकर देखा था... सारे लफ़्ज़ मेरी उँगली से चढ़कर, कलाई से होते हुए दिल में उतर गये।

वो झील-सा ख़त, कि हाथ फेरा और सारे लफ़्ज़ झिलमिलाके बिखर गये। अभी दिल को क़रार आने दो, अभी लफ़्ज़ों को फिर से अपनी जगह पे लगने दो... मैं पढ़ूँगा उँगलियो की पोरों को भिगोकर... मैं महसूस करूँगा दिल की गहराइयों में उतरकर।

֍ ֍ ֍

एक ख़त पुराने बक्से में कपड़ों के नीचे दबा है। मैं बेचैनज़दा उस बक्से को बाहर लेकर आता हूँ और जल्दी से उसका ताला तोड़ता हूँ। तेज़ी से सारे कपड़े फर्श पे बिखेर कर उस मुड़े हुए ख़त को उठाता हूँ... मगर अगले ही लम्हे उसे खत को बिना पढ़े, वैसे ही रखकर अपनी कुर्सी पर लौट आता हूँ। एक वरक़ पर मैं उस ख़त के बारे में लिखता हूँ, जिसके मैंने तमाम उम्र ख़्वाब देखे हैं। मैं जानता हूँ, कुछ भरम की साँसें उनके खुलने से बंद हो जाती हैं।

֍ ֍ ֍

मैं रंज की स्याह आँधी, दुःखो का सख़्त पहाड़ और ग़मो का बहता झरना हूँ और वो मुस्कुराहटों की बदली, ख़ुशियों की मद्धम बारिश और सुकून का टिमटिमाता दीया है।

֍ ֍ ֍

फैले हैं कितने वरक़ तुम्हारे दिल में... और एक आँधी का अंदेशा है,

֍ ֍ ֍

तुम उसके कितने हो? एक रोज़ बुरे होकर तो देखो!

जिन आँखों में तुम्हारे लौटने की आस न हो: उन आँखों को ग़ौर से देखो... आख़िरी बार।

किसी की यादों से हम भरे हैं, किसी की यादों से तुम भरे हो। ये जो थोड़ी- सी जगहें हम दोनों के दरमियां खाली हैं, एक मुख़्तसर सी ज़िन्दगी का वही अब आख़िरी ठिकाना है

सबसे बुरा है, डरपोक आशिक़ होना।

इश्क़ क्या है! इश्क़ क्या वो औरत नहीं, जिसमें सलीक़ा है!!
इश्क़ क्या वो सूती साड़ी नहीं, जिसे औरत हर सुबह कलफ़ देकर पहनती है और शाम होते-होते तमाम सिलवटें पड़ जाती हैं... अगले दिन फिर रात में कलफ़ देती है और सुबह फिर उसे पहनती है!!
इश्क़ मलमल नहीं, बल्कि वो सूती कपड़ा है, जिसे और एहतियात की शिद्दत से ज़रूरत है!

सलीक़ेमंद हूँ... जो चीज़ जहाँ से उठाता हूँ, वहीं रख देता हूँ। तुम्हारे दिल से इश्क़ का परचम उठाया था... तुम्हारे दिल में वापस रख दिया है।

इस दिल से तुम जा तो कबकी चुकी हो... बस कुछ एक सामान तुम्हारा आज भी बिखरा हुआ है। मैंने तुम्हारे लौट आने का रस्ता हरगिज़ नहीं देखा, मगर सोचता हूँ कि तुम आकर सब उठा ले जातीं तो अच्छा था।

मैं एक डोरमैट हूँ
जहाँ से गुज़रते वक़्त
दो घड़ी ठहर सकते हो

आप हँसिये... लेकिन संजीदगी भी सीखिये। मुस्कुराते हुए बादल गुज़र जाते हैं, लेकिन संजीदगी से भरा पहाड़ तुम्हारे गाँव का अज़्म बुलंद करता रहता है।

उसे यह महारत हासिल है कि वो आपके जितने चाहे क़रीब पहुँच जाय... लेकिन आप उसके उतने ही क़रीब पहुँच पायेंगे, जितना वो चाहेगा।

मैं ग़म का एक कोह जैसा... मेरे भीतर तुम मुस्कुराती, एक दरिया- सी।

अगर तुम कुछ भी बेवजह नहीं लिखते तो ख़ुद को लेखक न कहो।

दिल की हर दस्तक पर ख़ुशी ने दौड़कर कुंडी खोली... लेकिन रोज़मर्रा की तरह फिर से ख़त, ग़म के नाम का आया।

उसने कहा तुम्हारी आँख नम क्यों नहीं है; क्या तुम मेरे बिछड़ने पर रोये नहीं! ये कहना था कि सूखी पलकें भरभराकर जल उठीं।।

एहसासात के उथल पुथल का ये आलम था, कि उसकी कलाई पकड़ी किसी तितली के पंख की तरह और उसके दिये फूल को पकड़ा किसी पहाड़ से झूलती रस्सी की तरह।

उसके जूते ख़ूबसूरत थे... उसकी बातों की तरह; हालाँकि किसी एक मंज़िल पे ठहरते नहीं थे।

कहीं टूटकर रह गया हूँ। ये जो आधा- अधूरा हूँ... एक सूरत के लिए तराशा जाना हूँ।

❁ ❁ ❁

एक आसमान ही तो है लाल होता है, कत्थई होता है, सुरमई होता है... लेकिन अपने उसी नीले रंग में लौट आता है।
शिकवा नहीं कि तुम बदल गये हो... लेकिन तुम अपने रंग में लौटते क्यों नहीं हो।

❁ ❁ ❁

मुझे सूखे पहाड़, पतझड़ का मौसम, दोपहर में ऊँघते कुत्ते, मर्फी का पुराना रेडियो पसंद है... तुम्हे क्या पसंद है!

❁ ❁ ❁

मैं हमेशा इस उलझन में ये सोचता रहता हूँ कि गर्मियों की सुरमई शामें तुम्हारे साथ अच्छी थीं या सर्दियों की कोहरे वाली सुबहें... मगर मैं इस नतीजे पर पहुँचा हूँ कि तुम थे तो सारी रुतें अच्छी थी।

❁ ❁ ❁

मैं शराब नहीं पीता, लेकिन मुझे मालूम है... होश के इस पार भी तुम हो, होश के उस पर भी तुम हो।

❁ ❁ ❁

मुझे नहीं पता, जो लोग पास होते हैं वो नज़दीक होते हैं... लेकिन मैं ये बेहतर जानता हूँ कि जो लोग पास नहीं रह पाते, वो यक़ीनन नज़दीक होते हैं।

वो शख़्स दिल में था, लकीरों में नहीं ...उसे भूल जाना चाहिये था, लेकिन उसे भूलना ज़हन की कुव्वतों में न था।

वो प्रेम जो आने वाली पीढ़ियों के लिए किया जाता है, महान प्रेम कहलाता है... जैसे बरगद का नन्हा सा पौधा लगाना... और वो नफ़रत, जो इतिहास खोदकर भविष्य के लिए सजायी जाती है, घृणित नफ़रत कहलाती है... जैसे नफ़रत की कोई किताब लिखकर बच्चों में बाँटना।

इश्क़ कोई भी किसी से भी करे, एहसास मुझ तक ही पहुँचते हैं।

कोई सुर्ख़ रंग लगा था उसके तलवो में, या मेरे ज़हन ओ दिल की चादर सफ़ेद थी...

सोचा था उसे भूल जायें हम... मगर फिर याद रखने के लिए जहां में कुछ और था भी तो नहीं।

तुम्हारे चेहरे में
अपना बदनाम चेहरा
किस क़दर पाक
और कितना
बेगुनाह नज़र आता है

वो एक ठहराव चाहती थी। उसने रुककर साँस ली... हर ठहरी हुई शय को उसने समझा और महसूस किया। उसने जानने की कोशिश की कि किसी काम में लगने के लिए ठहरना चाहिये। सदियों वो किसी किताब में पंख- सी दबी रही.. सिर्फ़ इसलिए, कि लोगो को बता सके कि किस वरक़ पे छोड़कर गये हैं।
लेकिन एक हवा आती है जो उससे भी कहीं तेज़ थी। उसकी शख़्सियत में बहना था और वो उस हवा के साथ उड़ गयी।

उसे सड़क किनारे के ढाबे की चाय बहुत पसंद थी... ये बात उसने हमेशा रेस्टोरेंट पहुँचने पर कही...

हमने अपने वजूद में उसे पाया जैसे किसी मिट्टी में सोंधी ख़ुशबू की तरह... , प्यार को हमने जाना और इस तरह जाना...कि दिल्लगी से शुरू मज़ाक संजीदगी में बदलते हुए ... कोई आम- सी बात रुकते रुकाते कहते हुए,
हमने जाना अपनी चंद आख़िरी साँसों को गिनते हुए... मंज़िल से कुछ क़दम पहले तुम्हें याद करते हुए... तुम्हे सोचते हुए... तुम्हें महसूस करते हुए।
हमने सलीक़ा सीखा कुछ थोड़ी सी मुस्कुराहटों को किफ़ायत से ख़र्च करते हुए। हमने हुनर पाया, थोड़ी सी नींद में सदियों के ख़्वाब बुनते हुए।

❁ ❁ ❁

मैं क्यों रौशनी को ढूँढ़ने की जुगत में बेचैन रहूँ... मैं क्यों शुआओं के बिखरने का, सुबह तलक इन्तिज़ार करूँ...मैं उस लम्हे को दिल से लगाये हूँ, जिस लम्हा वो चराग़ जला था।

❁ ❁ ❁

किसी टीले पे तुम्हारे साथ बैठे हुए की बारिश आयी और सोचे गये लफ़्ज़ सुरमई बादल से हो गये... और जतन से लिखे गए लफ़्ज़ प्यासी ज़मीन पे क़तरे-सा बरस गये।

❁ ❁ ❁

मैं जिस वक़्त ख़ामोश होता हूँ, ठीक उसी वक़्त बहुत तेज़ बोलना चाहता हूँ।

❁ ❁ ❁

ज़िंदगी की किताब का एक वरक़ हो तुम, जिसे मैं मोड़कर आगे बढ़ गया हूँ ... लेकिन ये सच है कि हर किताब जब भी खुलती है, पहले पहल मुड़े हुए वरक़ से खुलती है

फिर से इश्क़ होना... जैसे एक ही किताब को दुबारा फिर से पढ़ना। तुम्हे पता है: दुबारा किताबें तेज़ी से पढ़ी जाती हैं!

सबसे आसान सी दिखने वाली खोज, विज्ञान की सबसे बड़ी खोज है 'आग जलाना और पहिया बनाना।
सबसे आसान- सी लगने वाली लाइनें 'मुझे तुमसे इश्क़ है' और 'मुझे तुम्हारे सिवा कुछ सूझता नहीं ' इश्क़ के सबसे गहरे एहसास हैं।

कोई कोई इंसान, इंसान की शक्ल में किताब होते हैं: आप उन्हें पढ़ने की जुगत में किसी और को पढ़ रहे होते हैं... ये सोचकर कि ये किताब के लफ़्ज़ किसके लिए हैं और ये चेहरे के त'आस्सुरात किसके हैं।

वो डरती थी, ज़्यादा पानी, ज़्यादा ऊँचाई और ज़्यादा लफ़्ज़ों से।

छोटे परिंदों और बड़े दरख़्तों से मुझे उन्स है... जैसे एक मुख़्तसर मुलाक़ात और उम्र भर उसके ख़्वाब से।

बच्चे को मीठे मीठे आम पसंद थे... बाप को अपना आम का बाग़ और दादा को उस आम के पेड़ पर बैठी कोयल के कूकने की आवाज़।

साथ उसके था तो एक घबराहट, ख़ुमार और बदहवासी थी... मिलने की लज़्ज़त तो घर आकर तनहाई में महसूस की।

गर्मी की दोपहर। कच्ची ज़मीन पर एक ख़ुश्क पत्ता हवा से सरकता, दो घड़ी ठहरता... फिर सरक जाता। हूबहू उसके जाने, ठहरने और चले जाने जैसा।

कितना मुश्किल होता है जब आप ये समझते नहीं कि दुनिया आपसे क्या चाहती और आप दुनिया से क्या चाहते हैं।

बहुत छोटी सी दुनिया है... मौसम बदलने की सौग़ात के अलावा कुछ और बदलने की चाह नहीं ।

जैसे कोई हलवाई अपनी दुकान से मिठाई नहीं खाता...जैसे बूट पे पॉलिश करने वाला, धूल भरा गंदा जूता पहने बैठा होता है मैं बिल्कुल प्रेम पर ऐसे ही लिखता हूँ ... ये महज़ आपके लिए है

बूँद वही, जो सबसे पहले धरती चूमे... धरती से एक धूल सी छिटके और मिट्टी से सोंधी सी महक उठे। इश्क़ वही, जो पहला हो...पहला इश्क़ जो पागल हो...और वो पागल इश्क़ न पूरा हो..

दरिया के किनारे उस मिट्टी के टीले पर, वो बिछड़ने की आखिरी ख़ामोशी, जहाँ तुम हाथ छुड़ाकर धुँधली होती गयीं और मैं उसी टीले पर हैरान परेशान अपने मुक़द्दर पर आँसू बहाता रहा।
हर बारिश उसी टीले पर आँख बंदकर नंगे पाँव खड़ा रहता हूँ। तलवों से छूती गीली मिट्टी तुम्हारे होने का एहसास कराती है। तुम हो यहीं कहीं मगर ये तख़य्युल के ख़्वाब हैं, जो होश में भी हमसाया बने हैं। तुम उस नदी की तरह गुज़रती जाती हो, जो मेरे वजूद को टीले के मानिंद पिघलाती रहती है। हर बारिश तुम्हारी याद की लहरें और भी तेज़ होती जाती हैं... मैं हर बारिश पिघलकर बहता रहता हूँ।
बारिश के बाद ठंडी हवाओं के बीच तुम्हे आवाज़ देता हूँ। आवाज़ पलट कर लौट आती है। मुझे मालूम है कि तुम अब नहीं आओगी... लेकिन तुम्हारी वापसी के हर जतन करता रहता हूँ।

मैंने खोल दी है मुट्ठी। मेरे हाथ में दर्द की लकीर को तिनके की तरह ले के उड़ जाओ ओ पंछी!

एक आख़िरी ईंट की ख़ाली जगह से दुनिया देख रहा हूँ... चहारदीवारी का एक कमरा मैंने बनाया है... और कोई दरवाज़ा , खिड़की, रोशनदान नहीं है।

हवा कितनी भी चले, सहरा में रेत के टीले उठते हैं खिसकते हैं... लेकिन बने रहते हैं... तुम्हारे दर्द के जैसे।

ये दुनिया साफ़ नज़र आने लगी तुम्हारे जाने के बाद। वो पेड़, जिसके सूखने के बाद सूखा होने का पता लगा। वो लोगों की माथे की सिलवटें , सिलवटें न होकर किताबें लगने लगीं।
तुम्हारे जाने के बाद मैंने जाना उन चेहेरों को, जो महज़ चेहरे न थे। मैंने लाल रंग में लाल रंग की कई क़िस्में जानीं, जैसे मुस्कुराहटों में मुस्कुराहटों की क़िस्में।

मैं नहीं जानता प्रेम, प्यास के लिए पानी है और भूख के लिए रोटी... लेकिन इतना जानता हूँ कि प्रेम पानी के लिए ठंडक है और रोटी के लिए गर्माहट।

न वसवसे थे
न रंजो ग़म थे
सुकून का गहरा
इक समुन्दर था

❁ ❁ ❁

उसके लेख किसी मेहनतकश मज़दूर की तरह नहीं हैं... न किसी लोहे को पिघलाते लोहार की तरह और न रिक्शा खींचते इंसान की तरह हैं... उसके तमाम लेख सूरज के चढ़ आने तक औंधे लेटी हुई बेफ़िक्र लड़की की तरह हैं।
उसका यूँ सोना लोगों को चुभता है... जिसकी ये बेफ़िक्री सलीक़ेमंद लोगों को मुँह चिढ़ाती है।

❁ ❁ ❁

अपने नज़दीक जो बात पाता हूँ, वो तुमसे मिले दुःखों का फूहड़ सा उत्तर है।

❁ ❁ ❁

पहाड़ों से गिरते हुए हज़ारों गैलन पानी के तेज़ झरने को देखकर इस बात की उलझन होती है कि इतना सारा पानी इतनी तेज़ी से गिर रहा है, कहीं ये कुछ ही दिनों में ख़त्म न हो जाय।
प्रेम को लेकर भी मैं यही सोचता हूँ... जब सड़क या किसी रेस्त्रां में दो बंदों के बीच ढेर सारे प्रेम के एहसास को देखता हूँ तो डरता हूँ, कहीं ये एहसास जल्द ही ख़त्म न हो जाय।

❁ ❁ ❁

शिव की जटा से बहती धारा जैसा ही तो प्रेम है... स्वच्छ निर्मल अविरल।

❁ ❁ ❁

बहुत ही भावुक होने पर अपने दर्द को पत्तियों, शाख़ों , परिंदों से कह दीजिये... मगर भूल से भी किसी इंसान से मत कहिये।

❁ ❁ ❁

मेरी आँखें तेरी आँखों से ज़्यादा ग़मगीन... मेरे आँसू तेरे आँसू से ज़्यादा नमकीन...मेरा रस्ता तेरे रस्ते से ज़्यादा तपता...मेरा तलवा तेरे तलवे से ज़्यादा जलता।

❁ ❁ ❁

तुमसे ज़्यादा सहज होकर किसी से बात नहीं कर पाता। अक्सर बात करते हुए बहुत देर तक चुप रहता हूँ... मुझे पता है, तुम्हारे अलावा सारी दुनिया को जल्दी है।।

❁ ❁ ❁

जब तुम दूर हुए
मैंने तुम्हें मुकम्मल देखा
जैसे बड़े से आसमान का
हदों तक दूर होना
और आँख की पुतली में
पूरी तरह समा जाना

❁ ❁ ❁

जिस्म से रूह तक फैले
जाने कितने उलझे
दर्द के वो लामहदूद धागे
और इन धागों में
अपनी ख़ुश्क पलकों से
एक- एक लफ़्ज़ पिरोना
वाक़ई कितना दुश्वार है
ग़मों की क़शीदाकारी

❁ ❁ ❁

वो चपरासी, जो ऑफिस में अपने से आधी उम्र के इंसान से दुत्कारा और लताड़ा जाता है, घर में उसका बहुत रौब है... उसकी बिटिया उसके आते ही टीवी बंद कर देती है और बेटा किताब लेकर बैठ जाता है। मैं सोचता हूँ ख़ुदा कभी उसके बच्चों को उसके ऑफिस मत लाये।

❁ ❁ ❁

कुछ हथेलियाँ आसमान से भी बड़ी होती हैं, लेकिन आसमान किसी का ठिकाना नहीं होता।

❁ ❁ ❁

अब पढ़ता नहीं हूँ...लिखने के लिए खाद नहीं चाहिए... और न अनाज उगाना चाहता हूँ।
हाँ... कुछ पेड़ और कँटीली झाड़ियाँ ख़ुदबख़ुद उग रही हैं... उगनी चाहिये। यहाँ किसी बस्ती की ज़रूरत नहीं... कुछ परिंदे और चौपायों के लिए बहुत कुछ है।

❁ ❁ ❁

वो कहीं भी जाती थी... रस्ते उसके पैरों के हिसाब से चलते थे। उन रस्तों पे कितनी आँखें पीछा करती थीं... वो किसी दश्त में भटक जाती थी।

֍ ֍ ֍

सबसे बेहतरीन होती है नीली जींस, नीला पेन, नीला आसमान और नीला समुंदर। सबसे ज़्यादा अजीब होती हैं... लाल आँखें लाल पेन, लाल आसमान और लाल ज़मीन।

֍ ֍ ֍

रंगबिरंगी चीज़ों से उलझन होने लगी है...अब तो जी होता है कि शेल्फ़ में सजी तमाम किताबें एक ही रंग की हो जायँ, लेकिन उन किताबो के लफ़्ज़ अलहदा हों। अब तो जी होता है दुनिया के हर इंसान एक ही रंग के हो जायँ... लेकिन... उनकी तासीर अलग- अलग हो।

֍ ֍ ֍

वो पत्तियों को समझ रही। उसने शाख़ों का हाल जान लिया। वो बच्चों के जैसे दौड़कर तने से आके लिपट गयी। वो बेचैन होकर जड़ों को लगी सोचने।
वो कौन थी जो हर एक शजर से दुनिया जहान की बातें कर रही... वो कौन थी जो सूखी घास पर उँगलियाँ फेरकर फिर से ज़िंदा कर रही।

֍ ֍ ֍

पहाड़ ख़ूबसूरत होते हैं। हर विशाल चीज़ ख़ूबसूरत होती है... मेरा दुःख भी। मैंने बाबा से सुना है, पहाड़ बने रहते हैं, नहीं हटते हैं। विशाल दुःख भी बने रहते है। उन्होंने कहा था जब ज़मीन सिकुड़ती है तो पहाड़ उभरता है। जिस्म भी जब सिकुड़ता है तो दुःख बाहर आता है। उन्होंने कहा... पहाड़ टूटकर राहें बन जाती है। मै सोचता हूँ... दुःख टूटकर क्या बनता है।

मुझे मंज़िल इसलिए भी नहीं मिलती, कि मैं दूरी तो तय करता हूँ, मगर प्यास लगने पर फिर उसी घाट पे लौट आता हूँ।

'क्लोज़'
क्या है ये लफ्ज़??
तुम अक्सर पूछती हो
मैं इसका मतलब नहीं जानता
लेकिन जहाँ पर ये बेहतर है
वो बता सकता हूँ
जिस इंसान से आपकी
वेवलेंथ मिलती हो
जहाँ पर आपको
बनावटी न बनना पड़े
जिससे अपनी हर कमी
खुलकर कह सकें
जिससे मिलने से पहले
मुखौटा न लगाना पड़े

दुःख महान होते हैं, जो हमे तराश देते हैं... ख़ासकर प्रेम में मिला दुःख।

ये किसकी काकुलें छू रही हैं ज़मीं को... ये कौन शख़्स चाँद पे बेतरतीब सा लेटा है...

वो शख़्स मुझसे रूबरू होकर भी मिलता है...फिर भी लगता है कि मुझे छुपकर देख रहा है।

कभी बेचैन-सी रूह आती है, कभी बेकल सा जिस्म आता है... कभी धुँधली- सी याद आती है कभी स्याह सा साया आता है। मैं हैरान और परेशान होता हूँ ज़िन्दगी के इन वसवसों से... इन वलवलों और इन मरहलों से...कि जैसे कुछ छूटने और कुछ पकड़ने जैसा... मैं अक्सर सोचता हूँ कि कोई शख़्स यहाँ मुकम्मल क्यों नहीं आता...कभी उकता के ख़ुद से कहता हूँ कि भीतर जो अधूरा रहता है, वो उठकर चला क्यों नहीं जाता...

तुम्हारे गाँव का वो सुरमई विशाल पहाड़, मेरी आँख की कत्थई पुतलियों में पूरा-पूरा समा जाता है... तुम हाथ तो थामो, मेरा दिल अभी खाली है।
कोई भी शय तब तक पुरानी नहीं होती, जबतक वो मिसाल के लिए क़ायम है।

कई ख़याल, स्याह घटाओ में लम्हा भर चमकती बिजली की तरह आते हैं, लेकिन उनके मायने ऐसे होते है कि पूरे ख़ुश्क वजूद को पानी से लबालब भर देते हैं।

❁ ❁ ❁

कई बार जो सबसे कम ज़ाहिर होता है, जिसकी मौजूदगी सबसे धुँधली होती है, जो सबसे ख़ामोश होता है... जाने क्यों निगाह उसकी ही ओर जाती है,

❁ ❁ ❁

इंसान सबसे उलझी शय हैः दुःखों की चाह भी रखता हैः ख़ुद के साथ सब बेहतर होने की स्थिति में भूचाल भी चाहता है। सोफ़े और बेड से उकताकर, ज़मीन पर लेट जाने की हरकत भी करता है, बरसों इमारत की तरह बनने के बाद अचानक पल भर में अपने वजूद को ढहा देना भी चाहता है... सारी उम्र डकैती और हत्या करने के बाद वो बुद्ध के सामने बच्चा हो जाना चाहता है।

❁ ❁ ❁

अगर तुम्हारे सारे लफ़्ज़ तुम्हें इश्क़ का देवता बना देते हैं, तो लफ़्ज़ों से शैतान पैदा करो।

❁ ❁ ❁

वो किसी छोटे परिंदे की तरह मेरे ज़हन-ओ-दिल की मुँडेर पे है... पंख रुकते नहीं, पाँव ठहरते नहीं।

❁ ❁ ❁

मैं हाथ मिलाते हुये, छोड़ देने का सही वक़्त समझता हूँ... मेरी उँगलियाँ उसके ज़हन से पहले खुलती हैं।

꩜ ꩜ ꩜

हवा से उड़ने वाले सूखे पत्ते खुले और साफ़ मैदानों पर नहीं ठहरते...जैसे बहुत से शख़्स खुली हथेलियों पर नहीं ठहरते। मैं अक्सर जाने वाले को जाने देता हूँ। हवाएँ जो चलती हैं, लाज़िम है सिर्फ़ एक ही सिम्त तो नहीं चलतीं... मैं लौटने की उम्मीद में ख़ामोश रहता हूँ।
हमेशा तो कुछ भी नहीं जाता... दुख भी तो नहीं ... हमेशा कुछ तो भूला नहीं जाता... तुम्हारा चेहरा भी तो नहीं।

꩜ ꩜ ꩜

वो इतनी डरपोक थी, हमेशा बैग में छुपाकर रखती। वो गिफ़्ट की हुई एक महीन सी रिंग भी नहीं पहन सकती थी।

꩜ ꩜ ꩜

एक रात देर तक उसके हाथों को सोचा, उसकी उँगलियों के पोर मुझसे ज़्यादा सख़्त थे।
अगले दिन मैंने उससे पूछा ये रोटियाँ कौन बनाता है, उसने कहा क्या तुम्हें मेरे हाथ की रोटियाँ अच्छी नहीं लगीं।
मैं चुप रहा। फिर मैंने उसका हाथ पकड़कर पूछा बर्तन कौन धुलता है?
इस बार वो संजीदा होकर कहने लगी तुम्हें हो क्या गया है।
टिफ़िन बंद करके सीढ़ियों से उतरता हुआ अपनी बाइक पर जाकर बैठ गया। शीशे से मैंने देखा... कभी वो रोटी देखती, कभी अपने हाथों को...

꩜ ꩜ ꩜

कितना बेहतरीन होता है पहली बारिश की बूँद हथेली पर गिरे और बूँद हाथ की लकीरों से बह जाय... उससे बेहतरीन होता है सड़क पे तनहा चलते हुए अचानक पीछे आकर वो हथेली थाम ले और आप दो घड़ी यक़ीन ही न कर पायें।
मगर सबसे प्यारा होता है, जब लिखते हुए कोई तितली आकर हाथों पे बैठ जाये और उस पल किसी लफ़्ज़ को अधूरा लिखकर ठहरे रहें।

नज़दीक न होने के एहसास में, याद की गयी शय सबसे ज़्यादा नज़दीक था।

उसकी कही गयी बात में सबसे अच्छी ये बात थी कि 'दुनिया ने जिसे तिनके की तरह बिखेर दिया, बस उन्हीं तिनकों से एक घोंसला बनाना है।

मैं आवारा हूँ! पेड़, नदियाँ, पहाड़, झरने... जाने कितनों से मुझको प्यार है।

जब भी हथेली किसी दरख़्त की शाख़ पे रखी, मुझे शाख़ नर्म सी लगी और जब भी मैंने अपने तकिये को छुआ... एक सख़्ती का एहसास हुआ।

वो छोटा- सा लड़का, सामने वाले लड़के का हाथ से कॉलर पकड़कर चीख़ रहा था 'माँ की गाली मत देना' 'माँ की गाली मत देना' उधर उसकी माँ उसे ख़ुद चप्पल से मारते हुये कह रही है कि छोड़ो उस लड़के का कॉलर... लेकिन वो छोड़ ही नहीं रहा था... किसी रिश्ते की ख़ूबसूरती मैंने इससे सुंदर तरी.के से नहीं देखी।

हम अगर ज़िन्दगी तमाशों से हटकर सोचें... तो शाम किसी तार पे बैठे दो उदास परिंदों जैसी है।
दुनिया के लिए बिल्कुल गूँगी...

जिस दिल की ज़मीं को तुमने एड़ी- एड़ी रौंद दिया था, अब उस धरती पर तुम्हारे क़िस्सों के कितने अंकुर फूट रहे हैं।

और मैंने उससे कहा, पिछले एक साल से मैं लोगों से लड़ रहा हूँ। उसने लापरवाही से कहा, ज़रूर सामने वालों की ग़लती रही होगी।
मैंने कहा नहीं !! अगर ऐसा होता तो मैं तुमसे ये बात न कहता। वो ख़ामोश हो गई। मैंने पूछा तुम्हें क्या हो गया? उसने संजीदगी से कहा कि अब क्या तुम सोचते हो कि उस वक़्त मेरी ग़लती नहीं थी? मैंने कहा कि दुनिया की बातें करके यही बात तो कहनी थी।

तार पे बैठी हुई चिड़िया को देखकर मेरा दिल करता है बस कुछ देर बैठी रह... लेकिन उड़ जाती है। कितनी छोटी ख़्वाहिशें भी पूरी नहीं होती।

उम्मीदें किसी खोटे सिक्के की तरह हैं: रोज़ के मामूल कि हर सहर जिसे जेब में लेकर दर-दर घूमता हूँ और आज़माने की तमाम नाकाम कोशिशों के बीच थक हारकर किसी पत्थर पर दो जानूँ बैठ जाता हूँ!!
फिर जब सूरज उफ़क़ में गिरने लगता है, मै अगले दिन के लिए खोटा सिक्का पत्थर पर घिसने लगता हूँ और एक बार फिर शफ़क़ की लाली में चमकता सिक्का देखकर ख़ुश हो जाता हूँ!!!
यही ज़िन्दगी है... फिर चमक चाहे कुछ लम्हों की मोहताज ही क्यों न हो...

आसमां नीला होता है, लेकिन दर हक़ीक़त नीला नहीं होता... बस यूँ ही समझिये कि इश्क़ का रंग होता है, मगर हक़ीकतन कोई रंग नहीं होता।
इश्क़ आसमां की तरह वसीह भी है, दूर भी है...यक़ीनन इश्क़ भी वसीह है दूर भी है... लेकिन आसमां महसूस करो ज़मी के उफ़क़ जैसा, जहाँ आसमां छूता है ज़मी को किनारों से...बस इश्क़ को भी महसूस करो भीड़ के किनारों से, जहाँ इश्क़ छूता है दिल की गहराई को।

खिड़की बेहतरीन ईजाद है घर के लिए... हालांकि उससे बेहतरीन है दिल के लिए।

❁ ❁ ❁

तुम्हारा उठना है धुँए की मानिंद और फैल जाना है ख़ला में...मेरा गिरना है बारिश जैसा और फ़ना हो जाना मिट्टी में।

❁ ❁ ❁

.खूबसूरत चमकाये हुए शब्द से कहीं ज़्यादा घिसे हुए शब्द अपने लगते हैं... जैसे किसी नई चप्पल के बजाय अँधेरे में भी पहचान ली जाने वाली अपनी घिसी हुई चप्पल।

❁ ❁ ❁

पाश पाश तो नहीं लेकिन दरार पड़ चुका आईना, टूटी तो नहीं लेकिन बार- बार स्टेप निकलकर बाहर आती हुई चप्पल... सूखा तो नहीं लेकिन एक हरियाली लिए खोखला हो चुका पेड़... पूरी तरह से सख़्त तो नहीं लेकिन ताज़ा टूटा हुए पत्ता हीः डूबी तो नहीं, लेकिन छूट चुकी नाव की पतवार।
ज़िन्दगी बस यूँही है न... जिये जाने जैसी, न मर जाने जैसी।

❁ ❁ ❁

उसे फूल चाहिए था सली.के से...मैं एक दूब फँसा आया ज़ुल्फ़ो में।

❁ ❁ ❁

पास रहकर भी जो शख़्स कभी बढ़कर नहीं आया... वो रात, खिड़कियों की दराज़ों से चला आता है।

छोड़ो कोई और बात करते हैं... मंज़िल क़रीब है, चलो लौट चलो कहीं और भटकते हैं।

उदास हो... चेहरे पे शब्द उग आए है...कहते तो नहीं हो लेकिन बारी बारी झरते है

वक़्त की आँच और बिखरते हौसलों से जिस्म, ज़हन, रूह और ख़याल से कितना कुछ बदल गया हूँ...तुम एक बार वापस आकर देखो तो मुझे...मैं वो नहीं जो तुम छोड़कर गये... मैं अब वो हूँ, जो दुनिया को छोड़ने की उजलत में रहता है।

मेरे पागलपन में मेरे शब्द होंगे
मेरे शब्द में तुम होगे, तुममें संसार होगा,
संसार मे सभ्यताएँ होंगी,
सभ्यताओं में विद्रोह होगा,
उस विद्रोह में मैं बाँसुरी बजा रहा होऊँगा।
मुझे बेपरवाह पागल कहा जायेगा।

नाराज़ होने के बाद उसकी एक आदत थी...हर वो शख़्स जिससे मैं नफ़रत करता था...उससे हँसकर बात करती थी।

तुम नहीं हो, मगर तुम्हारे हिस्से का शिकवा मुझे हर शख़्स से है।

ये सारे परिंदे कभी बोलने जैसा कहते नहीं... हमेशा गुनगुनाते हैं। ये पेड़ कभी दो, चार .कदम चलने जैसा चलते नहीं, हमेशा बादल छूने के लिए सर उठाते हैं।
ये पहाड़ कभी बच्चो जैसा लड़खड़ाकर गिरते नहीं, लेकिन कभी दिल के टूटने जैसा टूटकर बिखर जाते हैं।

चाँद से पूछो, सितारों से पूछ लो...मुझे तुमसे इश्क़ था... मैंने सबको बताया था।

मेरे कपड़े उलझे और बिखरे रहते हैं, लेकिन किताबें सलीक़े से सजाई है। ये बात और है कि मेरे भीतर कितना कुछ बेतरतीब है, लेकिन तुम्हें पढ़ने के लिए मैंने ख़यालों को बेहतर सजाया है।

जलते हैं भीतर भीतर हम...तुम्हारे लफ़्ज़ शबनम की बूँ द की तरह हथेली पे गिरतें हैं और तलवों के इर्द- गिर्द तमाम धुँआ-धुँआ- सा हो जाता है।

❁ ❁ ❁

तुम वो शख़्स हो, जिसे सबसे ज़्यादा भुलाया है मैंने।

❁ ❁ ❁

दरख़्त की जड़, मकान की नींव, जूते के सोल, समुंदर के नमक जैसा ही किरदार है मेरा। ये सच है तुमसे इस क़दर वाबस्ता हूँ... मगर ज़ाहिर नहीं आता।

❁ ❁ ❁

उसकी आँखें दो घड़ी चमकती हैं, झिलमिलाती हैं... कुछ रोज़ से उसने पलकों पे एक जुगनू बिठा रखा है...

❁ ❁ ❁

जहाँ शिकवा होता है वहाँ इश्क़ होता है, जहाँ शिक़वा होकर भी शिक़वा न किया जाय, वहाँ इश्क़ का इम्तिहां होता है।

❁ ❁ ❁

अगर फ़ुरसत से अपनी प्रेमिका के साथ बैठो तो यूँ लगना चाहिए... शाम दो परिंदे किसी छत की मुँडेर पर बैठे हैं

❁ ❁ ❁

वो शख़्स जो क़रीब था... उस लम्हा उसके बारे में सोचा...आज मैं उन हालात को सोचता हूँ जो चीज़ों को .करीब लाता है।
मैं उस दरख़्त को सोचता हूँ, जिसे मैंने धुँधली निगाह से देखा। अब में कई सुरमई शामों को आहिस्ता से स्याह होते देखता हूँ।
मैं उस डर को सोचता हूँ, जो लम्हों की मुलाक़ात पे मुनक़्क़िद था।
मैं अब बिछड़ने के ख़तरे को महसूस करता हूँ... बिछड़ने के बाद।

दो घड़ी तुमसे बात करना चाहता हूँ... एक घड़ी एकटक तुम्हें देखना और एक घड़ी चुप रहना चाहता हूँ...

मैं मरकर एक पेड़ बनना चाहता हूँ, जिसके नीचे कोई मेरे ही जैसा शख़्स बैठे।
मैं उसे कुछ ऐसी छाया और सुकून देना चाहता हूँ जिसे वो सारी उम्र दुनिया भर के जंगलों में तलाशता रहा।

तुम एक हसीं झूठ थे, तो क्या हुआ...मुझे आज भी तुमसे तल्ख़ इश्क़ है।

वादे कच्चे भी हों तो क्या हुआ... ज़रूरी है शाख़ कि से लगे होने चाहियें।
तुम्हें मुझसे इश्क़ है, ये महज़ बातें ही सही...मगर बात दिल से कही गयी होनी चाहिए।

मुझे मौत की अजब चाह है... और मैं इस तलब में बे.करार हूँ... कि ज़िन्दगी जैसे किसी दिलचस्प सिलसिलेवार अफ़साने की पहली .किस्त हो और उस अफ़साने को एक रात किसी चेहरे में पढ़ के ख़त्म कर लिया है

किसी भूली हुई सूरत जैसा लफ़्ज़ हो, कोई भूला हुआ .किस्सा याद दिलाता हुआ उसका मतलब हो,
मैं तुम्हें कोरा का.गज़ देना चाहता हूँ और चाहता हूँ, वापसी में तुम मुझे उसमें कुछ लफ़्ज़ भरकर दो।

मैं महज़ तुममें उतना ही हूँ, जितना तुम, तुममें ख़ाली हो..

हर लफ़्ज़ बोलने के दरमियां मुझे एक वक़.फे की ज़रूरत होती है...वो एक वक़्फ़ा सुर्ख़ रोशनाई में डूबा पंख है मेरा, जिसे मैं आसमां के उजले सीने पे दर्द के मु.ख्तलि.फ किरदारों से रंगता हूँ।

हर बार की तरह ढेरों कपड़े होने के बावजूद महफ़िल में जाने के लिये कोई ढंग का कपड़ा न मिलना...यूँ समझिए हर बार तुम्हारे सामने आ जाने पर दिल में कितने ही ज.ज्बात की लहरें हों... लेकिन उन लहरों को वक़्त पे आवाज़ें न मिलना, इश्क़ ही तो है।

मैं मील का पत्थर हूँ। मंज़िल नहीं ... राही को मुझसे उन्स हो तो क्या भला... न मैं उसे रोकने के लिए दामन पकड़ता हूँ, न उठकर जाने के लिये उससे कहता हूँ।

मैं हटता हूँ... उससे दूर जाता हूँ.... फिर .करीब आता हूँ... वो मेरे एहसासात के सागर में पाँव डाले बैठी है...

ये दुनिया दानिशवरों, क़ाबिलों, ज़हीनों और समझदारों ने बिगाड़ी है...मैं तो पागल हूँ, मैंने सिर्फ़ अपना ही हाल बिगाड़ा है।

उतना ही झूठ हूँ, जितना ये पहाड़... मैं उतना ही सच हूँ जितनी तुम्हारी निगाह।

निम्कौरी की तरह बुढ़ापे में याद करोगे मेरे बिखरे हुए लफ़्ज़।

सफ़र की शुरुआत है... उंगलियों को थामे मंज़िल तक चल नहीं सकती, तो राहें बदल के देख ला... क़िस्मत होगी तो अलग-अलग रास्तों से चलकर साथ पहुँचेंगे

वो झील-सा ख़त, कि हाथ फेरा और सारे लफ़्ज़ झिलमिला के बिखर गये। अभी दिल को क़रार आने दो, अभी लफ़्ज़ों को फिर से अपनी जगह पे लगने दो...मैं पढूँगा उँगलियों की पोरों को भिगोकर... मैं महसूस करूँगा दिल की गहराइयों में उतरकर।

कई बार ये सोचता रहता कि जेब मे सिक्का मह.फूज़ है या मुट्ठी में। बाज़ार जाते हुये मैं कभी जेब से निकालकर मुट्ठी में दबा लेता, कभी मुट्ठी से निकालकर जेब मे रख देता। ऐसा करने में कब सिक्का खो गया था मुझे पता ही नहीं चला।
उस वक़्त रिश्ते को लेकर भी यही सोचता था। मैं नहीं जानता कि भूल कहाँ होती आयी। कलाई पकड़ना और साया बनके साथ रहना... ये अलग किनारों के साथ कशमकश भरा है, जहाँ छूट जाना होता है।

तुम कितने मुख़्तलिफ़- मुख़्तलिफ़ वरक़ पढ़ती हो इस किताब के...और ये सारे वरक़ पढ़ते हैं सिर्फ़ तुम्हारा ही चेहरा।

֍ ֍ ֍

मुझे ढूँढ़ो मत पहली सूरत जैसा...मैं तुम्हारे हाथों से गिरके टूटा हूँ... तुमसे रखकर कहीं खोया नहीं गया हूँ...

֍ ֍ ֍

मैंने कहा उसके हाथ मुझसे ज़्यादा मुलायम थे...उसने बताया... नहीं, उसका दिल मुझसे ज़्यादा सख़्त था।

֍ ֍ ֍

शबनम है दरख़्तों पर तुम्हारी ही ख़ातिर...हाथ थामो, छोड़ो ज़मीं को... चलो सफ़र पे...अपने पाँव रखो पत्ती पत्ती... हाथों से छुओ डाली डाली... बात करो बादलों से...रूह अपनी भिगो डालो।

֍ ֍ ֍

अभी तक मुझे कोई इंसान ऐसा नहीं मिला, जिसमें कोई अच्छाई न हो।

֍ ֍ ֍

खुद में सफ़र करता हूँ तुम्हे ढूँढ़ते हुए। कोई आवाज़ मुझे पुकारती है... तुम्हारी आवाज़ बनकर।

֍ ֍ ֍

किसी लाइब्रेरी में वो धूल खाती किताब हूँ, जिसे लोग एक बार रैक से खींचते हैं और बीच से खोलकर एक दो लाइन पढ़कर देखते हैं... फिर कुछ समझ ना आने पर वापस उसी जगह रख देते हैं। मुझे अफसोस नहीं होता, क्योंकि मैं जानता हूँ... मुझे बीच से समझा नहीं जा सकता।

❁ ❁ ❁

उसे दिल के भीतर से न निकाल पाने की झुँझलाहटों में... मैं ज़हन की चौखट से निकाल देता हूँ कई लागों को।

❁ ❁ ❁

ख़यालों की हथेली पर दो पत्तियों का इश्क़, हक़ीक़त की ज़मीन पर हिज्र का कोई ऊँचा दरख़्त बना गया।

❁ ❁ ❁

तुम जादूगर हो?
नहीं, मैं जादूगर नहीं हूँ!
फिर क्यों कहीं का .गुस्सा कहीं और निकालते हो...

❁ ❁ ❁

दुःख घटता और बढ़ता रहता है... चाँद के जैसे और उदासियाँ बादल-सी घिर आती हैं। दर्द की एक लकीर आकाशगंगा सी माथे पे छा जाती है और आँख से बरस जाते हैं वो बदलते सारे चेहरे।

❁ ❁ ❁

ग़ैर की तरह लोग उठते हैं... उठ के चले जाते हैं... एक ग़म ही है बस अपना, जो धूनी जमा के बैठा है।

❁ ❁ ❁

वो सख़्त सी दिखने वाली... दिनभर क्रांति का परचम लहराती है... लेकिन रात के किसी पहर वो आम सी लड़की होकर तुम्हें आज भी याद करती है।

❁ ❁ ❁

है वो नज़दीक, मगर नज़दीक नहीं .. कि जैसे इश्क़ कोई रोशनी है और साया कोई... उसकी तस्वीर।

❁ ❁ ❁

मत छुओ उसे.. उसकी आँखें किसी पत्ती पे शबनम जैसी

❁ ❁ ❁

मुद्दतों भूला हुआ चेहरा, उसी शिकन और सवालों के साथ फिर से दिख जाना... कि जैसे बरसों बरस रखी कमीज़ में किसी मुड़ी हुई नोट का निकल आना।

❁ ❁ ❁

मेरे दाहिने पैर के तलवे पर एक तिल है... किसी ने कहा था कि तुम सफ़र बहुत करोगे। वाक़ई मैं हर रात तुम्हारी उँगली थामे चाँद तक जाता हूँ।

❁ ❁ ❁

मिज़ाज ट्रेन की तरह है और लोग मुझे दरख़्तों की तरह छूटते नज़र आते है

❁ ❁ ❁

तुम बारहा आयी, लेकिन कभी भी कुछ लम्हा ठहरती नहीं !!
तुम आई वक़्त के फ़ासले को धनक की डोरी से जोड़कर, जो बारिश के बाद मिटने की जल्दी लिए होता है!!
फिर तुम आई नयी सुबह की तज़ल्ली में छनकर, जो चढ़ते सूरज से तेज़ होता जाता है। फिर आयी तुम चाँद की शुआओ में लिपटकर, समुंदर की लहरों में बढ़कर हवाओं की सरगोशियों में सिमटकर... और मैं वहीं खड़ा तुम्हें ये सोचकर महसूस करता रहा कि तुम ठहरो तो कुछ बोलूँ।

❁ ❁ ❁

तुम अपने एहसास रखो बारिश की बूँदों की तरह और फ़िक्र न करो कि बूँद पोखर नाले झील हौजों या तालाबों में किस सूरत से समाती है।

❁ ❁ ❁

मैं रंज की स्याह आँधी, दुःखों का सख़्त पहाड़ और ग़मों का बहता झरना हूँ... और वो मुस्कुराहटों की बदली, खुशियों की मद्धम बारिश और सुकून का टिमटिमाता दीया है।

❁ ❁ ❁

दरिया के लिए ये पूछना कि तुम बहती क्यों हो, सबसे वाहियात सवाल है।

❁ ❁ ❁

रिश्तों को मैंने कभी ज़ंजीर से नहीं बाँधा... बस दरमियां एक सूत-सा धागा है... जिसे एतबार कहते हैं।

❁ ❁ ❁

इज़्ज़त की खोखली दहलीज़ पर वो सबकी निगाहों की ठोकर से... जहाँ तुम अपने खिलखिलातें लफ़्ज़ों के ढेरों को और मैं अपने बेतक़ल्लुफ़ लफ्ज़ो के ढेरो को लेकर गिर गया।
ज़ख़्मी जिस्मों से कुछ चुनिंदा से लफ़्ज़ तुमने उठाये, नम आँखों से कुछ भीगे से लफ़्ज़ हमने उठाये। कुछ थोड़े से बचे हैं लफ़्ज़, इसलिए कम बोलती तुम भी हो, इसलिए कम बोलता मैं भी हूँ।

❁ ❁ ❁

ज़िन्दगी में कुछ और निचोड़ हासिल हुए हैं। तुम्हारी अपनी बेहतर ज़िन्दगी के लिए तुम्हारे उन फैसलों की .कद्र करना, तुम्हारा किसी हवा की तरह गुज़र जाने के बाद बिना ख़लिश लिए, एहसास को सँभाले रखना।

❁ ❁ ❁

इश्क़ लिख सकता हूँ... इश्क़ जी नहीं सकता। ये अजीब बात है कि शोला भीग सकता है पानी के एक क़तरे से और .कतरा भीगना चाहे तो किस शय से भीगे।

❁ ❁ ❁

मैं वाक़ई एक जूता हूँ, जिसे आप झुक के बाँधते हैं।

❁ ❁ ❁

कभी जो तुम मिलो और पूछो किं मैं आज भी तुम्हें याद करता हूँ...मैं उस वक़्त तुमसे ये कह सकूँ कि नहीं हरगिज़ नहीं। एक ख़्वाहिश है कि बस थोड़ा सा तुम्हें मामूली कर सकूँ

❁ ❁ ❁

फाउंटेन पेन को ऊपर से नीचे के बनिस्बत साइड में चलाने में थोड़ी सी ताक़त लगती थी।
ये बात मैं कभी नहीं भूलता कि रिश्ते में उतार चढ़ाव होते हैं, लेकिन किनाराकशी हमेशा आसान नहीं होती।

❁ ❁ ❁

उँगली में उसकी याद का ज़रा सा रंग है और मैं उसी उँगली से खिड़की के शीशे को साफ़ करता हूँ और फिर उस पार एक और दुनिया देखना चाहता हूँ।

❁ ❁ ❁

उससे हटकर भी बहुत कुछ सोचता हूँ...एक सदी ख़ामोश रहता हूँ उसके लिए,...और दो घड़ी दुनिया के लिए कितना कुछ बोलता हूँ।

❁ ❁ ❁

इश्क़ मेरे लिए कभी गुल न बना... इश्क़ तो राह के ख़ार की तरह मेरे तलवों में भीतर तक धँसा है...मैं किसी के साथ दो .कदम भी तय नहीं कर सकता।

❁ ❁ ❁

किसी का 'एहसान' आपको दुनिया भर के सवालों का जवाब बना देता है और आप सिर्फ़ ख़ाली होने के लिए एक बर्तन भर बन जाते हैं, जिसे लोग बारी- बारी .खाली करते हैं।

❁ ❁ ❁

मुद्दतों बादल परेशां रहा कि ज़मीं ने बरसने के सिवा उससे और क्या चाहा।
ज़मी ने उससे कभी ये नहीं कहा कि झोली में हमेशा पानी क़तरे भर के लाओ।
उसकी .ख्वाहिशें थीं...
कभी कभी यूँही आके घिर जाओ... कभी हौले से यूँही गुज़र जाओ।

❁ ❁ ❁

फ़ना होना चाहता हूँ, मैं फिर से उगना चाहता हूँ... .ख़िज़ाँ के बाद बहार में नये पत्ते सा होना चाहता हूँ... तुम मेरे साथ चलो, तुम न बनकर... मैं भी एक सफ़र मैं बनकर नहीं करना चाहता हूँ।

❁ ❁ ❁

तुम्हारी हथेलियों हमारे गालों से भी कहीं ज़्यादा कोमल होना... क्या इस असमानता के बीच प्यार संभव है! और तुम्हारा इस सलीक़े से चलना कि ज़मीं पर पड़े बताशे भी न फूटें और मेरा फूहड़ों की तरह चप्पलें चटकाकर चलना... क्या इस असमानता के बीच प्यार संभव है!

❁ ❁ ❁

उसे ख़ुद पर ज़रा भी एतबार नहीं था। वो बहुत हँस रहा था मैनें कहा आज तुम बहुत उदास लग रहे हो और वो उदास हो गया...

कोई ख़्वाब कितना भी बुरा क्यों न हो...अच्छी बात ये है कि एक रात से ज़्यादा उसकी उम्र नहीं होती।

तुम कुछ ख़ास तो नहीं कहते... बस आम-सी बात कहते हो...हालाँकि ये बिल्कुल ऐसा है जैसे ख़ुद ही रखकर भूला हुआ का.गज़, कई बरसों बाद कुछ और ढूँढ़ते हुए दिख जाता है।

घोड़े को तेज़ रफ़्तार से चलते देखना या फिर आहिस्ता से चलते देखना.... दोनों ही सूरतों में ख़ूबसूरत लगता है.. बिल्कुल तुम्हारी तरह तैश में आकर लिखना या फिर हौले से कोई ख़याल लिख देना...मेरे लिए दोनों ही दिलचस्प और ख़ूबसूरत एहसास हैं।

किसी का इतना चहेता नहीं था कि ज़िद की आदत मुझमें होती। फ़क़त एक तुमसे अपनी क़ीमत का एहसास हुआ तो ज़िद करने का शौक़ हमने भी पूरा किया।

एक सज़ा उन्होंने दी और एक सज़ा मैं उनको दे आया। उन्होंने जितने दिनों के बाद हमारी ख़ैरियत पूछी, मैं बस उतने दिनों के हाल उनसे छुपा आया।

֍ ֍ ֍

ये ज़हन सीप है, जहाँ उसकी याद, पहली बारिश की बूँद बनकर गिरती है।

֍ ֍ ֍

वो सारे रास्ते ट्रेन की खिड़की के पास किताब पढ़ती रही, मैं उसका चेहरा पढ़ता रहा। हर वरक़ पलटने के बाद वो लम्हा भर मेरा चेहरा पढ़ती और उस लम्हा मैं अपनी किताब पर नज़र डाल लेता। उसने तीन स्टेशन बाद अपनी किताब की आधी कहानी पूरी की... मैंने उसकी आधी शख़्सियत।

֍ ֍ ֍

ये दुनिया ख़ुदा की आँखों में खींची गयी एक बेइंतिहा बड़ी तस्वीर है और उस तस्वीर का मैं एक बदनुमा दाग़ हूँ।

֍ ֍ ֍

हँसने से पहले हँसने की सूरत और रोने से पहले रोने की सूरत पसंद है ... बिल्कुल वैसे ही, जैसे गर्मी होने के बाद बारिश होने से पहले ठंडी हवाओं के साथ काले काले बादलों का घिरा होना... बिल्कुल वैसे ही, जैसे इश्क़ होने से पहले इश्क़ हो जाने का पता होना।

֍ ֍ ֍

ये दुनिया साफ़ नज़र आने लगी तुम्हारे जाने के बाद। वो पेड़, जिसके सूखने के बाद सूखा होने का पता लगा... वो लोगों के माथे की सिलवटें, सिलवटें न होकर किताबें लगने लगीं।
तुम्हारे जाने के बाद मैंने जाना उन चेहरों को, जो महज़ चेहरे न थे। मैंने लाल रंग में लाल रंग की कई क़िस्में जानीं... जैसे मुस्कुराहटो में मुस्कुराहटों की क़िस्में।

नदी के किनारे वो सुरमई रंग वाला सारस का जोड़ा साल में एक या दो बार ही आता था। ज़िन्दगी में खुशियाँ महज़ उस सारस की तरह थीं।

विलियम वर्ड्सवर्थ इस बार धारावी में भी कवि के रूप में पैदा हुए और कविता लिखने के लिए शान्त जगह ढूँढ़ ली,
झोपड़ी के पीछे बहते नाले में पैर डालकर बैठ गये और एक गर्भवती सुअरिन जो उठ नहीं सकती थी, टेक लगाकर कविता लिखने लगे।
पहला शब्द 'जीवन' लिखा था कि अचानक नाले से भागते बच्चों की एक छींट उस शब्द पर आ गिरी। दुबारा फिर लिखना शुरू किया... तभी नाले के पानी से लथपथ एक कीड़ा रेंगता हुआ उस शब्द को गन्दा कर गया।
गुस्से से विलियम ने कहा यहाँ कविता लिखना बेकार है ... यहाँ एक शब्द 'जीवन' भी लिखा नहीं जाता।

साँझ से ही लगने वाली भूख...और सोचे गये तमाम लफ़्ज़, गेहूँ की बालियाँ हो गये... जतन से लिखे गए तमाम लफ़्ज़ चूल्हे की रोटी बन गये।

֍ ֍ ֍

याद माज़ी को कर तलातुम बढ़ाया नहीं करते।
ग़म का ठहरा पानी है कंकर मारा नहीं करते।।

֍ ֍ ֍

ये दिल जैसे गाँव का कोई कच्चा- सा मकान है। एक आँधी के बाद आँगन में छप्पर से बिखरे हुए खर पतवार हैं और बीच में उल्टा पड़ा लोटा है।
शाख़ से टूटी पत्तियाँ सिम्ट के कोने में लगी हैं। गर्द उड़ उड़कर ताक़ो में क़ायदे से भरी है। तार के कोने में सिम्ट के पहुँचे है फैले हुए कपड़े और एक चप्पल बीच आँगन में औंधा पड़ा है।
कैसे बिख़री हुई चीज़ों को समेटें कि आँधी अभी थमी भी नहीं।

֍ ֍ ֍

घिसी हुई चप्पलों में मीलों का सफ़र नक्श था, बोझिल आँखों में इन्तिज़ार की लौ टिमटिमा रही थी। मजरूह दिल किसी शय से उन्स की गवाही दे रहा था। वो लड़का कितना बदहवास था। वो लड़की कौन थी, जो उसकी रूह खींच ले गयी।

֍ ֍ ֍

कभी ज़हन को झकझोर देने वाले क़िस्से भी उठके हमेशा के लिए चले जाते है...कभी कोई आम सी बात भी ज़हन की दीवारों में काई बनके चिपक जाती है। जैसे किसी गुफा में उसकी बातें पानी की तरह गुज़रती हैं, और मेरी हथेली काई बनके उसे छूती रहती है।

गली के मोड़ पर उस लड़की को देखकर उसे इश्क़ का एहसास होता था। पिछली कई रातों से उसका ख़याल उसे ज़िंदा किये हुए था।
घर की नोक-झोंक जिसकी वजह से भूखे रहते हुए आज उसकी दूसरी सुबह हो चुकी थी। इस सुबह भी आहिस्ता से चलता हुआ उस मोड़ पर पहुँचा। लड़की ने पहली बार इशारा किया। वो जवाब देता, लेकिन सीने से गिरकर दिल पेट में जा पहुंचा और आँतों से उलझ गया।
शिद्दत की भूख ने उसके क़दम खींच लिये। घर आकर माफ़ी माँगते हुए उसने तेज़ी से दो रोटी खायी।

प्यार को हमने जाना...कि दिल्लगी से शुरू मज़ाक़, संजीदगी में बदलते हुए ...हमने जाना अपनी चंद आख़िरी साँसों को गिनते हुए, मंज़िल से कुछ क़दम पहले तुम्हें याद करते हुए, तुम्हें सोचते हुए। हमने सलीक़ा सीखा कुछ थोड़ी-सी मुस्कुराहटों को किफ़ायत से ख़र्च करते हुए।

प्रेम के सोपान किसी पहाड़ का कोई मोड़ नहीं, बल्कि पहाड़ियों की अनंत तक फैली एक श्रृंखला है। तुम्हें मालूम है... इसके पार अधूरे प्रेम पहुँचते हैं और सफल प्रेम बीच में कहीं ठहरकर एक ठिकाना बना लेते हैं।

❁ ❁ ❁

मैं मुस्लिम की तरह एक बार जीने के लिए पैदा होता हूँ ... हिन्दू की तरह हर रात मेरा दाह संस्कार होता ह... और एक सुबह यीशु की तरह मैं जी उठता हूँ!!

❁ ❁ ❁

मैं डस्टबिन हूँ
मुझमें अपनी तमाम
उलझनें परेशानियाँ
बेझिझक डाल दो
मैं तुम्हें पानी की तरह साफ़
पंख की तरह हल्का
और झील की तरह शांत
देखना चाहता हूँ

❁ ❁ ❁

यहाँ मेरे आस पास कीचड़ है... लेकिन कभी भी आसमान से पानी की बूँदें गिरती हुई नहीं दिखतीं।
तुम्हें मालूम है, मेरे हिस्से का पूरा आसमान अफ़सुर्दा है... कई दर्द की बूँदें, टपकते हुए ज़ख़्म की तरह रोज़ फैल जाती हैं।

❁ ❁ ❁

इश्क़ करो या नफ़रत कर लो; क्योंकि साकित पानी मुरझाये पत्ते, ख़ाली बादल गुमसुम चेहरे... कितने बोझिल- बोझिल से लगते हैं।

.ख़ामोशियाँ जो दोनों के बीच पसरी थीं... सारा दिन वो एक दूसरे का इंतज़ार करते रहे, दिन भर हथौड़े की चोट सहते रहे... भीतर बहुत कुछ टूटता रहा... न टूटीं तो ख़ामोशियाँ... वो आग से गुज़रते रहे और ऐसे मुकम्मल हुआ इश्क़ का एक दिन..

उस बूढ़े शख़्स ने मरने से चंद सेकेंड पहले, ख़ुद को नेकर पहने हुए, माँ के हाथ से खाना खाते देखा...फिर बाप की उंगली पकड़े हुए, खेत की पगडंडियों से जाते देखा... फिर साइकिल से घर का राशन लाते हुए देखा...
घर के बाहर आम की फुनगी से सारा गाँव देखा।
नदी में दोस्तों के साथ अम्बा अम्बा खेलते देखा।
फिर उस लड़की को मंदिर जाते हुए देखा... कि हिचकी आयी और साँसें उखड़ गयीं।

कोई जश्न अपना नहीं होता... मगर हर जश्न को दूर से देखना अच्छा लगता है। जैसे किसी ग़रीब के बच्चे का, गेट के किनारे खड़े होकर भीतर झाँकना और ख़ुश होना।

दूसरे टुकड़े के न मिलने तक इकलौती पड़ी दस की आधी फटी नोट, पाँच रुपये जैसी नहीं हो सकती हूबहू... जैसा कि एक हिस्सा दिल का लेकर जीते हैं एक हिस्से को खोकर।
क्यो आधे का कोई मोल नहीं होता!

❁ ❁ ❁

तमाम लफ़्ज़ फलों के गुच्छे जैसे हैं और एहसास मज़बूत तने का कोई दरख़्त नहीं, बल्कि किसी दीवार से लिपटी हुई बेल जैसे हैं।
दीवार उन लम्हों पलो से बनी है, जिन्हें मैंने तुम्हारे साथ जिया है।

❁ ❁ ❁

दुःख... मौसम-मौसम बारिश के क़तरों जैसे बरसते नहीं... ये तो गुफा की छत से मुतवातिर रिसते रहते हैं।

❁ ❁ ❁

प्रेम न बोलिये... जब तक वाक़ई न करते हों... इसे अश्लील शब्द न बना डालिये. इसे कहने में देर लगाइए, बहुत देर लगाइए... कभी न कहिए। मगर तब तक न कहिए, जब तक वाक़ई भीतर से महसूस न करते हों।
बहुत कम शब्द बचे हैं, जिन पर लोग अब भी भरोसा करते हैं... ये भी उनमें से एक है.

❁ ❁ ❁

वो मेरा दुश्मन है... लेकिन उसपे मुझे भरोसा बहुत है। वो दुश्मनी निभायेगा मुझसे, सिर्फ़ दुश्मनी की वजहों के ख़त्म होने तक।

❁ ❁ ❁

किसी भी चीज़, जिसमें इतनी ख़ुसूसियत हो कि वो अपने बारे में कहने के लिए आपको हज़ारों लफ़्ज़ दे तो आप मौन हो जाइये और उस लम्हे भर के मौन का क़र्ज आप लिखकर सारी उम्र उतारिए।

❁ ❁ ❁

कोयला बनने के लिए एक इमली का ठूँठ, सीने के भीतर सुलग रहा है।

❁ ❁ ❁

जब इश्क़ था तो लफ़्ज़ नहीं थे... अब लफ़्ज़ हैं, इश्क़ नहीं।

❁ ❁ ❁

तुम्हारे जाने के बाद कुछ ज़रा-सा बदल गया हूँ। चाल थोड़ी धीमी हुई है, लहजे में ज़रा नरमी- सी आयी है। मैं अब उन बातों को ज़्यादा सोचता हूँ, जो बातें महज़ बातें नहीं होतीं।
तुम्हारे जाने के बाद कोई पर्दा ऐसा हटा है कि मुझे मेरे नज़दीक अब साफ़ दिखने लगा है। ये सच है कि अब मैं बेसाख़्ता वादे नहीं... करता मगर यूँही कही गयी बात को अब शिद्दत से पूरी करने लगा हूँ।

❁ ❁ ❁

तुम्हारे जाने के बाद भी तुमसे इतने मरासिम तो हैं कि चाहकर भी किसी और का नहीं हो पाता।

࿋ ࿋ ࿋

कितने ही जिस्म रोज़ क़ब्र के बग़ल लेटते हैं और सुबह होते ही पूरा दिन ज़िन्दगी की दुहाई देते रहते हैं।

࿋ ࿋ ࿋

इन आँखों की पुतलियों को मत देखो... ज़िन्दगी अपनी तमाम मायूसी लेकर टिमटिमाती हुई, तारा बनकर चमका करती है।

࿋ ࿋ ࿋

इश्क़ किसी एक दो बरस के बच्चे की तरह है... मिट्टी धूल में भी उतना ही प्यारा लगता है, जितना नहा धोकर लगता है।

࿋ ࿋ ࿋

इश्क़ का गाँव अभी भी पिछड़ा है...इसके भीतर जाने की पगडंडियाँ कभी सीधी और चौड़ी सड़क नहीं होतीं।

࿋ ࿋ ࿋

सलीक़े से बिखरे हुए सूखे पत्तों का, यकबयक़ चली हवा से किसी कोने में सिमट के लग जाना ही तो इश्क़ है।

࿋ ࿋ ࿋

हर शब ख़यालों के सागर में किसी बड़े जहाज़ जैसे डूब जाते हैं और सुबह टूटे- फूटे से कुछ हिस्से ऊपर तैरने लगते हैं। मैं अक्सर सोचता हूँ कोई वजूद पूरी तरह से डूबकर क्यों गुम नहीं हो जाता... क्यों भला दुनिया को आप टूटे हुए, बिखरे हुए दिख से जाते हैं...

❁ ❁ ❁

बात ठीक थी... बस कहने का सलीक़ा मुझे नहीं था और जो बात मैंने तुमसे सलीक़े से कही, वो बात ढंग की न थी।

❁ ❁ ❁

टूटने की आवाज़ से पता लगा
कुछ भीतर शीशे का भी था।

❁ ❁ ❁

उसने कहा उसे नीला रंग पसंद है... मैंने कहा मुझे लाल...उसका वजूद आसमान जैसा और सोच समुंदर जैसी नहीं है...
मेरा मिज़ाज इश्क़ सा नहीं है... मैं क्रांति से घबराता हूँ
हम दोनों ने उजली तक़दीरों पर रंगों वाले झूठ बोले हैं

❁ ❁ ❁

ख़ाली पिंजरा निहारते हैं... वरना इश्क़ और मज़हब के दोनों परिंदे तो कबके उड़ जा चुके हैं...

❁ ❁ ❁

एक मुद्दत से
तनहाई के
आदी हो चुके...
अब किसी के
चले जाने का ग़म
मुझको नहीं होता

चली जाओ! और फिर अचानक कहना, क्या तुम सच में चली जाओगी... इश्क़ में लफ़्ज़ों और ख़यालों की बेवक़ूफ़ियाँ भी ख़ूब हैं।

अपने दुःखों को सजाता हूँ... बेसलीक़े से कुछ भी ज़ाहिर करना मुझे अच्छा नहीं लगता।

हिन्दू मुस्लिम में तीन बातें बड़ी कॉमन हैं... औरत के पेट से पैदा होते हैं... भूख लगने पे खाना खाते हैं... अंत में मर जाते हैं।

जब आपको लगे कि वो मग़रूर हो रहा है... बस इसे महसूस करने की सूरत में आप थोड़े मग़रूर हो चुके होते हैं।

मैं अपने दिल की दहलीज़ पे उसके इंतिज़ार में अरसे से बैठा हूँ कि जब गुज़रे वो तो कह दूँ कि देखो अब भीतर कोई और रहता है। मगर जो भीतर है , वो दुश्वारी में है तुमको ये बताने के लिए कि मैं क्यों बरसों- बरस दहलीज़ पकड़े बैठा हूँ।

❁ ❁ ❁

ग्लोब को तेज़ नचाकर जो ज़मीन या समुंदर मुझपर आकर रुकेगा, वो मेरा ठिकाना नहीं होगा।
मेरी दुनिया तुम हो...मैं तुम तक यात्रा करूँगा। मैं अपनी कुर्सी ग्लोब के उस हिस्से की तरफ ले जाऊँगा, जहाँ मेरे ख़्वाब बसते हैं।

❁ ❁ ❁

जिस एक बात से रूठकर मैं तुमसे हफ़्तों नहीं बोला... अगर तुम ऐसी ही बातों से रूठो, तो बिन बोले कई सदियाँ गुज़र जायें।

❁ ❁ ❁

तुम मंज़िल नहीं थी... तुम तो महज़ उन दोनों के एहसासात के बीच एक सेतु थी। ये अलग बात है कि कुछ वक़्त के लिए उसके वो एहसास तुम पर ठहर गये थे।

❁ ❁ ❁

वो दिन भर कुर्सी पर बैठा आवारगी करता है।

❁ ❁ ❁

इतनी आसानी से न हासिल होना मुझे, हमे अपना इश्क़ याद रखना है सारी उम्र।

उसके घमंड को नासमझी समझा, उसकी नफ़रतों को ग़लतफ़हमी माना... उसके तानों को फूलों के साथ ख़ार जाना, उसकी अदावत को खेल सोचाः उसके बुग्ज़ को ख़ामोशी कहा। इस तरह रिश्ते को सँभाले बरसों बरस जीता रहा।

मुझे नहीं पता, जो लोग पास होते हैं वो नज़दीक होते हैं... लेकिन मैं ये बेहतर जानता हूँ कि जो लोग पास नहीं रह पाते, वो यक़ीनन नज़दीक होते हैं।

उसने कहा कि इश्क़ करते हो तो चाँद तोड़ के दिखाओ...मैं उसके चेहरे तक मुक्का ले गया, लेकिन चाँद तोड़ा न गया।

ज़हन किसी बच्चे की छोटी हथेलियों कीं मानिन्द था और इश्क़ मुझे मिला समुंदर की तरह।
अब उजड़ा ज़हन मीलों तक फैला है और इश्क़ अब शबनम के क़तरों की तरह गिरके फ़ना हो जाता है।

भीड़ से निकलकर तुम
किसी ऊँची पहाड़ी तक आओ
अपनी हथेली को खोल दो
तुम्हें ये जानना होगा
मैं अब्र का एक क़तरा हूँ
जो तुम्हारी हथेलियों पर
फ़ना होना चाहता हूँ

जिसे प्यार करते हैं, उसे साथ रखिए... भले वो मौजूद न हो।

तुम कहती हो कि मैं इतना सुलझा हुआ क्यों हूँ। इसकी सिर्फ इतनी वजह है... तुम्हारी पसंद, तुम्हारी मर्ज़ी, तुम्हारी कम्फर्ट के बाद मेरे इश्क़ की ख़्वाहिशें शुरू होती हैं।

इश्क़ दोबारा नहीं होता... दोबारा तो ओरिजिनल की ज़िरॉक्स कॉपी होती है।

कितने जतन से बुने थे ज़िन्दगी के ताने- बाने...एक सवालिया नज़र ने सब उलझा के रख दिया

कैंडल लाख जले, लेकिन मोम का वजूद बना रहता है... जलता तो इश्क़ का धागा है।

तुमसे जुड़ा एक क़ीमती और बड़ा ही मा'नीख़ेज़ लफ़्ज़, जिसे ख़ास-ओ-ख़ास मौक़े पर निकालने के लिए ज़हन के किसी कोने में तहा के रखा था... पता नहीं कहाँ, दुनिया भर के बेमक़सद, बेफ़िज़ूल लफ़्ज़ों के बेतरतीब ढेर के नीचे खो गया।

घटता है बढ़ता है... बादलों में छुपता है... बाहर आता है ...लेकिन चाँद वही रहता है, आसमां में कोई दूसरा नहीं होता...
बिल्कुल तुम्हारी सूरत की तरह।

संजीदगी की हर ईंट, किरदार के चौतरफ़ा इतने बेहतर तरीके से सजी होनी चाहिए, कि कोई तुम पर हँसने की एक दरार भी न पा सके।

अक्सर हम ग़लत होते हैं। ये बड़ी बात नहीं है। लेकिन तुमसे ये कहने की ताक़त नहीं रख पाते इसलिए ख़ामोश हो जाते हैं और ख़ामोशी ग़लत को ज़्यादा ग़लत कर देती है।

अजब तबीयत है कि तुमसे लड़े बिना भी चैन नहीं... तुमसे लड़कर भी चैन नहीं।

❁ ❁ ❁

हर गुज़रने वाली शय किसी ठहरी हुई शय को पीछे छोड़ रही होती है। ये सच है कि साथ चलना ज़रूरी है... मगर क्या ये इंसानियत नहीं कि थोड़ा ठहरा भी जाय।

❁ ❁ ❁

वो किसी छोटे परिंदे की तरह मेरे ज़हनो दिल की मुँडेर पे है...पंख रुकते नहीं, , पाँव ठहरते नहीं

❁ ❁ ❁

मैं तुमसे इश्क़ की क्या तवक़्क़ो करूँ... तुम तो ग़लतियाँ भी नहीं करतीं।

❁ ❁ ❁

समानता का मुक़ाबला मुझसे क्या करोगे... मैं तो अपने बालों की माँग भी बीच से निकालता हूँ।

❁ ❁ ❁

लफ़्ज़ ऐसे हों कि जिनकी आरज़ू वरक़ करे और आरज़ू ऐसी हो कि जिसके लिए कोई लफ़्ज़ न हो...

❁ ❁ ❁

मैंने हर वरक़ को तुम्हारी हथेली समझकर लिखा है... तुमने मेरे हर लफ़्ज़ को सिर्फ पढ़ा ही नहीं होगा, बल्कि महसूस भी किया होगा।

❁ ❁ ❁

मैंने ज़िन्दगी के वरक़ पर खुद ही जज बनकर एक सिंदूर से न मिटने वाली लक़ीर खींच दी है... जिसके उस पार मुझे अपनी अधूरी ज़िन्दगी ग़ुज़ारनी है।

❁ ❁ ❁

कितने रंग धब्बों में बदल गये... कितने धब्बे तस्वीर बने।

❁ ❁ ❁

हर वो शय तुम्हारी ज़रूरत की नहीं, जिसे तुम याद नहीं रखते।

❁ ❁ ❁

तुम, हम, यादें, आहटें, हिचकियाँ, सिसकियाँ, करवटें, सिलवटें, उजलतें, वहशतें, रंज ग़म, सोज़, पीर, दर्द, आह... सब के सब इस दिल के क़ब्रिस्तान में मिलकर सो जाते हैं।

❁ ❁ ❁

वो लोग कहाँ हैं, जिनसे ख़ुशियों का ज़िक्र किया था। जाने क्यों अब लोग कहते है उदासी के सिवा मेरे पास कहने को कुछ नहीं।

❁ ❁ ❁

जिनके मन में हज़ारों तरंगें हों, वो मेरी तरह ठहरा पानी पसंद करते हैं।

❁ ❁ ❁

वो आई और चुप रही। मैंने उसकी आँखें देखीं... यक़ीनन वो कितना कुछ बोलती है।

❁ ❁ ❁

बहुत छोटी-सी दुनिया है... मौसम बदलने की सौ.गात के अलावा कुछ और बदलने की चाह नहीं।

❁ ❁ ❁

किसी पुरानी किताब का मुड़ा हुआ वो ख़ुश्क सा वरक़ हूँ...जिसे खोलने की अगर कोशिश करोगे तो वरक़ वही से टूट जाये गा...

❁ ❁ ❁

हमेशा की तरह तुम गुस्से से बड़े बड़े डग रखती हुई जाओगी तो मुझे यक़ीन रहेगा तुम लौटोगी। जिस दिन तुम छोटे छोटे डग रखकर जाओगी, मैं समझ जाऊँगा तुम सबकुछ समेटकर हमेशा के लिए जा रही हो।

❁ ❁ ❁

उसने हिज्र के डर से इश्क़ की ख़ूबसूरत किताब जल्दबाज़ी में पढ़कर ख़त्म कर ली।

❁ ❁ ❁

कभी- कभी वो इतने अंजान हो जाते हैं कि हमारे सारे एहसास। जज़्बात फ़िज़ूल लगने लगते हैं।
कभी कभी वो इतना समझ लेते हैं कि मेरे कहे गये लफ्ज़ भी फ़िज़ूल की मेहनत लगते हैं।

֍ ֍ ֍

वो आई हमेशा की तरह... मगर इस बार मैंने दरवाज़ा नहीं खोला और रात भर उसे लिखता रहा। सुबह मैंने देखा एक मुरझाया हुआ-सा फूल दरवाज़े की चौखट पे रखा है।

֍ ֍ ֍

ज़िन्दगी में वाहिद आपसे यही तआल्लुक़ है कि आप हमारे साथ रहती हैं... जबकि मैंने आपको कभी देखा नहीं।

֍ ֍ ֍

दो जिस्म
दो ख़याल
दो बातें
दो दर्द
दो मौतें
दो लाशें
मुझे चाहिए
दो ख़ुदा भी
एक तुम्हारा
एक हमारा

֍ ֍ ֍

माफ़ी का एहसास कोई पानी का फूटता सोता नहीं, बल्कि जिस्म की अथाह गहराई में किसी नाज़ुक हाथ से खिंचती हुई पानी की बाल्टी है।

दूर चले जाओ यहाँ से
और मैं चल दिया... मुझे नहीं पता था, इश्क़ की रवायतों में, रुकना ठहरना, जिरह करना भी होता है।

लड़की ने कहा, कुछ ऐसा है जो तुम्हे औरों से अलग बनाता है...बस उसी लम्हा बेवक़ूफ़ों की तरह चलने और बोलने लगे..

मैं एक शीशे की मानिंद हूँ... उस शख़्स के कितने भी नज़दीक चला जाऊँ, मुझे मुझसे आर-पार देखता है...

जाओ तुम
मैं नहीं रोकूँगा...
ये सच है कि जो तुमसे कहना है
मैं नहीं रोकता कभी भी तुम्हें
तुम्हारा जाना तो बस
शाम के सूरज का पहाड़ी में
छुपने जैसा ही तो है।

हैं कितने उतार चढ़ाव... हैं कितने दर्द!
इंसान जैसे कोई सितार हो...कि दिल की धड़कनों पे हाथ रखा...
झनझना के सारे तार बज उठे..

❁ ❁ ❁

जो तुम ख़ुद को दिखा रहे हो, वो तुम देर तक दिखा नहीं सकते, क्योंकि तुम वो हो नहीं ... तुम जो दिखाना चाहते हो वो बनो, फिर तुम्हें दिखाना नहीं पड़ेगा कि तुम क्या हो।

❁ ❁ ❁

तुमने कहा था मेरे जाने के बाद मिलने वाला वो ज़हनी सुकून और उस बोझ का हल्कापन बिल्कुल ऐसा था जैसे दिनभर कलाई से चिपकी घड़ी का रात में उतरने का हल्कापन।

❁ ❁ ❁

ये सवाल मुझे सारी उम्र परेशान करता रहेगा कि जो ख़ुद को नहीं जानता, वो दूसरों को कैसे जानेगा। अब एक बेख़ुद इंसान के लिए किसी दुश्वारी से कम नहीं, जो तुम्हे सोचता है ख़ुद के बाद।

❁ ❁ ❁

हम दोनों की पसंद बिल्कुल अलग है...वो मुझे पसंद करती है, मैं उसे पसंद करता हूँ।

❁ ❁ ❁

एक प्लेट में जूठा खाते-खाते, किस निवाले में तुम मेरी झूठी क़सम खा गयीं, मुझे पता ही न चला।

⁂

वो लम्हे भर की नज़र इतनी ग़ैरमामूली तो नहीं थी कि गली में अचानक सामने आने पर उसके चेहरे के तास्सुरात बदल गये... ज़ाहिर है, वो मुझसे इश्क़ करती है या फिर नफ़रत।

⁂

मेरी पलकों पे सवार होकर मेरे दीदों को छू लो, तो भी ज़रूरी नहीं तुम्हें देख रहा हूँ।

⁂

वो मुश्किल भरी पगडंडी, जहाँ बचपन, जवानी से मिलता है; उसने ख़ुद को गिरने नहीं दिया था। अब दरख़्तों की छाँव में पुलिया पे बैठकर ये सोचता है कि गिर जाना बेहतर था, कुछ स्मृतियों के लिए। सच ये है कि ज़िन्दगी उतनी ही है जितनी हम समझते हैं... बाकी बची हुई ज़िन्दगी एक ख़ालीपन के सिवा कुछ भी नहीं।

⁂

वो अचानक कहती है कि तुम मेरे साथ कितना सफ़र तय कर सकते हो... और मैं ख़याल से टूटकर वापस आसमान से लौट आता हूँ।

⁂

हज़ारों सफ़र को मुट्ठी में बाँधः तुम्हें घमंड है अपने पैरों के चक्कर पर... ज़रा एक नज़र मेरी रूह के चक्कर को देखोः जहाँ मै होके आता हूँ, वहाँ कभी कोई नहीं पहुँचा।

֍ ֍ ֍

उगाना चाहता हूँ एक कैक्टस अपने दिल पर... मुझे मालूम है कैक्टस को कम आँसुओं की ज़रूरत होती है।

֍ ֍ ֍

तुम कहती हो कि ˙ तुम्हे मुझसे शिद्दत का इश्क़ है... फिर क्यों हमारे बीच लड़ाई नहीं होती।

֍ ֍ ֍

मै कौन हूँ, मेरा तआर्रुफ़ बस इतना जान लो कि तुम्हारी ख़्वाबीदा रूह में लिपटा हुआ, तुम्हारे सुर्ख़ दिल के कोने में छुपा हुआ, तुम्हारे जबीं पे नक़्श हुआ, तुम्हारे साये में गुँथा हुआ और तुम्हारी नाज़ुक हथेलियों में सजा हुआ वो नाकाम शख़्स हूँ... या फिर वो जोगी हूँ, जो न ख़त्म होने वाली किसी तपस्या में बैठा है।

֍ ֍ ֍

इस लम्हे में और अगले लम्हों में, इस ज़माने में और अगले ज़मानों ˙ में। इस ज़हन के कैनवस पर और उस आसमान के कैनवस पर कोई तस्वीर हयात रहेगी, तो सिर्फ़ तम्हारी ही रहेगी।

֍ ֍ ֍

कौन उदास है ये समझ ही नहीं आता... कि जब-जब अपनी सूरत में तुम्हें देखते हैं।

अच्छे मेज़बान हैं हम, तुम चाहो तो ग़म से पूछ लो... अरसा हुए हैं दिल में रहते हुए उसे: सिफ़त ये है कि जाने के लिए वो न उठता है... और न हम कहते हैं।

आओ किसी कज़्ज़ाक़ औरत की तरह हँसते-हँसते इश्क़ के ऊन से ख़्वाब के महल को तामीर कर दो! आओ किसी कुर्दिश औरत की तरह कुरैशिया से इश्क़ के धागों से एहसास की अनगिनत गलियाँ बुन दो!
आओ किसी बंगालन औरत की तरह अठखेलियाँ करते- करते इश्क़ के रंगों से ज़ज़्बात के ख़ूबसूरत आँगन सजा दो! आओ किसी कश्मीरी औरत की तरह अपने नाज़ुक हाथों से इश्क़ के मकां में क़ालीन बुन के रख दो!
आओ अवध के किसी गाँव की देहाती औरत की तरह बाँस की फरचियों से टोकरी बना के एहसास भर दो!

मुझे वो लोग बहुत पसंद हैं, जो बेलौस मुस्कुराते है, बेसाख़्ता हँसते हैं, आहिस्ता रोते हैं, बेफ़िक्र चलते हैं, 'खरज' से गाते हैं और दिल से लिखते हैं।

अपने ही दिल में अँगूठे के बल किस मुश्किल से आता हूँ ... क्या करूँ, तुमको बसाने के बाद इतनी भी मुख़्तसर जगह नहीं बची।

❁ ❁ ❁

मेरी आँखें तेरी आँखों से ज़्यादा ग़म्गीन... मेरे आँसू तेरे आँसू से ज़्यादा नमकीन...मेरा रस्ता तेरे रस्ते से ज़्यादा तपता...मेरा तलवा तेरे तलवे से ज़्यादा जलता।

❁ ❁ ❁

एक शख़्स जिससे मैं उतनी देर तक गले लगना चाहता हूँ, जितनी देर तक उकाब आसमान में तैरता रहता है।

❁ ❁ ❁

समतल मैदानों को छोड़कर जिस सहजता से एक किसान बारीक़ मेंड़ पे चलता जाता है, मैं दुनिया के बहुत से हिस्से को छोड़कर तुम्हारे साथ ऐसी ही सहजता से चलते जाना चाहता हूँ

❁ ❁ ❁

मैं उतना ही झूठ हूँ जितना ये पहाड़... मैं उतना ही सच हूँ , जितनी तुम्हारी निगाह।

❁ ❁ ❁

हर नदी
धोबिन नहीं होती
हर हवा
हकीम नहीं होती
पत्थर के नीचे भी
हिमयुग की पसलियाँ छपी हैं
करतूतों की ज़ुबानें फिर उग आती हैं।

मैं ताज़ी क़ब्र सा हूँ
और तुम पास रखा लोबान।

मस्जिद में खड़ा होकर
मैं सोचता रहा
देर तक सोचता रहा
सभी लोग चले गये
सिर्फ तीन बचे
लेकिन मस्जिद में अकेला मैं।

सारी दुनिया लौट रही है
सुरमई और थकी हुई शाम सी
सिर्फ उसका जिस्म फूट रहा है
सुबह के सूरज जैसा

साँझ से ही लगने वाली भूख... और सोचे गये तमाम लफ़्ज़ गेहूँ की बालियाँ हो गये... जतन से लिखे गये तमाम लफ़्ज़ चूल्हे की रोटी बन गये।

֍ ֍ ֍

मैं दिन का जलता हुआ चराग़ हूँ और रात की स्याह पेशानी पे अनदेखा काजल हूँ। मैं मीलों फैले पानी पे गिरती नाहक़ बूँदें हूँ... मैं शाम की सुरमई रोशनी में आधी धुँधली तस्वीरें हूँ।

֍ ֍ ֍

मेरे पास दो कम्बल हैं
एक कश्मीर का
मुलायम रोयेंदार
और दूसरा स्मृतियों का
रंगीन और चमकदार।
लेकिन दुःख तो
दोनों की बुनियाद में है

֍ ֍ ֍

तीनों की कोई मंज़िल नहीं थी... उन दिनों.. मैं, मेरे जूते और मेरे साये ने लगभग बराबर यात्राएँ कीं।

֍ ֍ ֍

तुम मंज़िल न पूछो तो हम एक सफ़र पर चलें।

֍ ֍ ֍

कीमत तो नहीं, बस एहसास था....पेड़ के नीचे बैठे हुए एक हरी घास उसकी उँगली में रिंग की तरह बाध दी थी।

कुछ हथेलियाँ आसमान से भी बड़ी होती हैं... लेकिन आसमान किसी का ठिकाना नहीं होता।

जो रूठे मुझसे... जो रूठकर जाए! हमीं को रोय, हमीं को याद करे...हमीं को गुनगुनाए...

वो अब्र में जज़्ब होकर फिर से आया है जिसे मैंने खुद को निचोड़कर निकाला था।

मैं इंसान को चाहता हूँ कागज़ की तरह जलकर राख बन जाये और मैं सारी उम्र राख को कागज़ की शक़्ल में याद करता हूँ।

तुम कोई खोने वाली चीज़ हो भला...बस रखा है कहीं... मिल जाओगी अभी।

कई बार जो सबसे कम ज़ाहिर होता है; जिसकी मौजूदगी सबसे धुँधली होती है, जो सबसे ख़ामोश होता है... जाने क्यों निगाह उसकी ही ओर जाती है।

❁ ❁ ❁

हवा से उड़ने वाले सूखे पत्ते, खुले और साफ़ मैदानों पर नहीं ठहरते......जैसे बहुत से शख़्स खुली हथेलियों पर नहीं ठहरते । मैं अक्सर जाने वाले को जाने देता हूँ। हवाएँ जो चलती हैं, लाज़िम है सिर्फ़ एक ही सिम्त तो नहीं चलतीं... मैं लौटने की उम्मीद में ख़ामोश रहता हूँ।
हमेशा तो कुछ भी नहीं जाता, दुख भी तो नहीं... हमेशा कुछ तो भूला नहीं जाता... तुम्हारा चेहरा भी तो नहीं।

❁ ❁ ❁

कितना ख़ामोश किरदार थी...अगर उसकी तरफ़ देर तक देखो न... तो पता ही नहीं लगता था कि वो रो रही है।

❁ ❁ ❁

कितना बेहतरीन होता है कि पहली बारिश की बूँद हथेली पर गिरे और बूँद हाथ की लकीरों से बह जाय... उससे बेहतरीन होता है सड़क पे तनहा चलते हुए अचानक पीछे आकर वो हथेली थाम ले और आप दो घड़ी यक़ीन ही न कर पायें।
मगर सबसे प्यारा होता है... जब लिखते हुए कोई तितली आकर हाथों पे बैठ जाए और उस पल किसी लफ़्ज़ को अधूरा लिखकर ठहरे रहें।

❁ ❁ ❁

वो लड़का इतना उजलती था, कि मॉल से नयी शर्ट लेता और वही पहन लेता था, कैरी बैग में पुरानी शर्ट रखकर घर आ जाता था।
वो तो देर तक टॉफी भी नहीं चूसता था... पल भर में टुकड़े टुकड़े कर खा जाता था।
उस लड़के ने तीन महीने तक पैसे जोड़-जोड़कर उस शख़्स के लिए सोने की बाली ख़रीदी, जिसने ज़रा भी क़द्र नहीं की।

जो मैं जान जाऊँ तुम हमेशा साथ रहोगी ।
तुम्हें छूने की ख़ब्त छोड़, मैं कुछ बातें करूँ।

वाक़ई मैं एक जूता हूँ , जिसे बाँधने के लिये आपको झुकना तो पड़ता ही है।

ख़ूबसूरत चमकाये हुए शब्द से कहीं ज़्यादा घिसे हुए शब्द अपने लगते हैं... जैसे किसी नयी चप्पल के बजाय अँधेरे में भी पहचान ली जाने वाली अपनी घिसी हुई चप्पल।

नज़दीक न होने के एहसास में याद की गयी शय, सबसे ज़्यादा नज़दीक थी।

ये दुनिया दानिशवरों, क़ाबिलों, ज़हीनों और समझदारों ने बिगाड़ी है.....मैं तो पागल हूँ, मैंने सिर्फ़ अपना ही हाल बिगाड़ा है।

❀ ❀ ❀

तुम नाहक़ तिनके चुनते हो!! बेकार चाह में सर धुनते हो...वो कोई पागल शागल लड़की है! ख़ुद में मस्त रहती है... तुम क्यों उसके पीछे पागल वागल रहते हो..

❀ ❀ ❀

एक बच्चे की बिना टूटे घिसी हुई हवाई चप्पल। मुझे देर तक ये सोचने पर मजबूर करती रही.... ये बच्चा मेरी तरह दौड़ता नहीं होगा, कोई कूदकर भागकर दौड़कर चलने वाला खेल नहीं खेलता होगा।
उस नीली हवाई चप्पल में शायद एक उम्रदराज़ आदमी के पाँव चलते हैं।

❀ ❀ ❀

दुनिया में तीन तरह के लड़के होते हैं। पहले जो ये सोचकर ट्रेन के नीचे सिक्का रखते हैं कि सिक्का मैग्नेट बन जाएगा। दूसरे वो लड़के होते हैं जो ये सोचकर रखते हैं कि सिक्का चपटा होकर बड़ा हो जाएगा
तीसरे वो हैं जो सोचते हैं क्यों सिक्का बर्बाद करें।
आपको मालूम है ये जो तीसरे वाले हैं बस इन्हीं से मेरी दोस्ती नहीं हो सकती।

❀ ❀ ❀

माज़ी में सबसे ज़्यादा
रोई गई आँखे
सबसे ज़्यादा निचोड़ी गई
मालूम पड़ती है
जैसे एक लेखक की
बुढ़ापे में ज़ंग खा चुकी
काँपती उंगलियाँ।

ख़ामोशी को अगर आसानी से समझा जा सकता तो दुनिया में उससे बेहतर कोई ज़ुबान नहीं।

ये दुनिया स्त्री के लिए वैशाली है
कोई भी स्त्री भिक्षुणी नहीं होना चाहती।
मन को टटोलो तो आम्रपाली भी नहीं।
और न बुद्ध उसे धम्म के पथ पर ला सकते हैं
ये तो क्रूरता और अन्याय जो आत्मा छलनी कर देते हैं
फिर देह में शून्य के सिवा रह क्या जाता है
ये संसार चित्रलेखा जैसे पाप पुण्य को अपने हितों से जोड़ देता है।
और तंग कमरों में टोपी और जनेऊ के पाप, पाप नहीं रह जाते
स्त्री भोग की वस्तु है आदिकाल से
मिट जाते है वैशाली और पाटलिपुत्र के वैभव
लेकिन स्त्री के साथ अन्याय कभी किसी काल में नहीं मिटता।

मैं नाबीना हो चुका हूँ तुम बुढ़ापे में जो मुझसे मिल भी जाओ तो भी अपनी उसी सूरत के साथ मिलोगी जहाँ तुमने मुझे छोड़ा था।

❁ ❁ ❁

अगर बातें उगने की बात की जाए तो ज़ेहन सबसे ज़्यादा उपजाऊ तब होता जब तुम बेफ़िक्री से मेरे साथ बैठती।

❁ ❁ ❁

हम परस्तिश के लिए ख़ुद को नहीं तराशते हैं, हम तराशते हैं कि तुम हमें और पत्थरों से अलग देखो।

❁ ❁ ❁

ग़लतियां तो पहले इश्क़ की ही माफ़ होती है।

❁ ❁ ❁

इश्क़ आपको दुबारा उसी सूरत में बुलाता है जब आप ग़ैरत ताख़ पर रखकर जाते हैं और नाकामी उस ताख़ में रखे ग़ैरत को लोबान की तरह सारी उम्र जलाने को मजबूर करती है लेकिन साया पीछा नहीं छोड़ता।

❁ ❁ ❁

बाज़ दफ़ा इंसान मिट्टी का नहीं काठ का हो जाता है जहाँ ग़ुरूर दीमक की शक़्ल इख़्तियार कर लेता है।

❁ ❁ ❁

लिखने और यात्रा करने की जितनी सूरतें आसान करते जाओगे, ज़हन और हवा में उतना ज़हर घुलता जाएगा।

❁ ❁ ❁

मैं चाहता था-
लोग मुझसे प्यार न करें
लोग मुझसे नफ़रत न करें
मगर लोगों ने
बेहद प्यार किया
और बेहद नफ़रत की।

❁ ❁ ❁

उसने मुझे 'इंतिज़ार' थमाया है और कहा है, अभी यही रुको, और मिलेगा।

❁ ❁ ❁

मेरे पास एक दिन-
प्रेम के लिए सिर्फ़ परिभाषाएँ रह जाएँगी
मेरे शब्द दरख़्तों को छोड़ देंगे
और बिजली के नंगे तारों पर
परिंदों की तरह झूलते रहेंगे

❁ ❁ ❁

सबसे सच्चा और सबसे अधिक भुलाया गया प्रेम, आपके और प्रकृति के बीच है।

❁ ❁ ❁

दुनिया के हर इंसान का दिल
पत्थरों की अलग-अलग किस्मों का होता है
हज़ारों परतों से बना चट्टान जैसा
जो टूटता भी है तो परतों जैसा
या किसी भुरभुरे टीले जैसा
जो रेत के मानिंद झड़ता है
इन्हीं किस्मों के बीच मेरा दिल भी है
गहरा और ग्रेफाइट जैसा सख़्त
दरार पड़ती है तो एकबारगी टूट जाता है

❀ ❀ ❀

पानी से तराशा गया
मूँगे का पत्थर
हवाओं से रेत पर हुई
उम्दा कशीदाकारी
सूरज से चमकती
पहाड़ों की सुनहरी झील
मैं अक्सर सोचता हूँ
हाथ अब भी अनाड़ी हैं

❀ ❀ ❀

मैं एक प्रेमी के सिवा तेज़ तर्रार खिलाड़ी, गहरा लेखक, और काबिल चित्रकार बनना चाहता था।
अफ़सोस की मैं एक वरक़ बन सका, जहाँ प्रेम शब्द बनकर चस्पा हुआ जहाँ शब्दों के अर्थ खेल बने, जहाँ लेखक ने नाहक गहराई तय की और जहाँ चित्रकार ने फूहड़ता से रंग भरे।

❀ ❀ ❀

तुमने अमरूद खाया है
आग में सेंककर
लेकिन अपनी मर्ज़ी से नहीं
शायद बाबा को खाते देखकर
चप्पल पर सर रखकर
तुम गहरी नींद सोये हो
शायद उस रात नदी किनारे
एक भी मछली नहीं मिली
क्या तुमने ठंड से बचने के लिए
अपनी लिखी डायरियाँ जलाई हैं...
बेशक जलाई होंगी
लेकिन वजह सिर्फ ठंड नहीं होगी

❁ ❁ ❁

इस शहर का मौसम भी अचानक नहीं बदलता
हम क्या बदलेंगे, एक ज़रा आंधी में
मत करो तीसरे की बात
अगर तुम दो लोग हो
तुम सारे जहाँ की बात करो
जब तुम अकेले हो
तुम चुप हो जाओ
जब भीड़ में हो

❁ ❁ ❁

हमारी रूह छितिज की तरह उससे मिल रही थी, हम उस तक जिस्म से कभी पहुंचे ही नहीं।

❁ ❁ ❁

न कोई मशवरा दे, न कोई तंज़ कसे, कि जब आप प्रेमी हों तो सारी दुनिया प्रेमी हो जाये, और जब आपका दिल टूटे तो सबका दिल टूट जाये।

❁ ❁ ❁

शेर से अच्छी और दिलचस्प भेड़िये की कहानी लगती है, रहस्यमयी होना हमेशा प्रभावित करता है।

❁ ❁ ❁

ज़िन्दगी में सिर्फ छोटी छोटी ग़लतियां करने की वजह से शरीफों में गिनती है अगर लड़की होता तो यही छोटी छोटी ग़लतियों से कुलटा बन चुका होता।

❁ ❁ ❁

बहुत से लोग उन तमाम गुनाहों का बोझ लिए मर गए जो असल में गुनाह थे ही नहीं।

❁ ❁ ❁

सिवाय तुम्हारे बाक़ी असर मुझपे वही चीज़ें डालती हैं जिसकी मैं इजाज़त देता हूँ।

❁ ❁ ❁

एक सुबह आप उठें और आपके गाँव की नदी अचानक गायब हो जाए, बस इतना ही हैरतअंगेज़ था तुम्हारा अचानक चले जाना।

❁ ❁ ❁

इंसान जब गहरा होता जाता है तो एक दरख़्त बन जाता है, जो हर कैफियत का इज़हार परिंदों और हवाओं से करता है।

❁ ❁ ❁

अगर आप अपनी बात की पुख़्तगी, गुज़र चुके महान लोगों के विचार से करते हैं तो आप वाक़ई ख़ुद पर ऐतबार नहीं करते।

❁ ❁ ❁

ताले की ईजाद ही हम इंसानों का आईना है।

❁ ❁ ❁

अगर आप जीन्स की जगह शर्ट की जेब में सामान रखने लगे हैं तो समझ लीजिए बचपना जा रहा है।

❁ ❁ ❁

और अगर मैं शहर के बारे में लिखूँ तो मुझे लगता है सब रस्ते, सब गलियाँ तुम तक जाती हैं।

❁ ❁ ❁

तुमने कहा था बुरे वक़्त में तुम्हारा साथ दूँगी और मैं सोच रहा हूँ तमाम बुरे वक़्त गुज़र जाने के बाद तुम और किस बुरे वक़्त के इंतिज़ार में हो।

❁ ❁ ❁

हर चीज़ को उसके सही नाम से पुकारो, दुख है तो उसे दुख ही कहो।

❁ ❁ ❁

सबसे बेहतरीन होता है लोग आपको बुरा समझें और जैसे-जैसे आपको समझते जाएँ उनकी गलतफ़हमी दूर होती जाए। यक़ीनन ख़ुद से परखी हुई चीज़ों का बहुत मोल होता है।

❁ ❁ ❁

कुछ के लफ़्ज़ ख़राब होते हैं, कुछ के ज़हन मगर पकड़े हमेशा लफ़्ज़ वाले जाते हैं।

❁ ❁ ❁

तुम कोई भी लिबास कैसा भी पहनो, तुम्हें साड़ी अच्छी पहननी चाहिए।

❁ ❁ ❁

चराग़ बुझाया तो उंगलियो से बुझाया। ज़िंदगी तबाह की तो अपनी की।

❁ ❁ ❁

इंसान साँस लेता है और प्रेम विश्वास।

❁ ❁ ❁

और वजहों में अच्छे लगने के बहुत से नियम हैं लेकिन प्रेम की बाबत अच्छे लगने का कोई नियम नहीं होता।

❁ ❁ ❁

हज़ारो वर्षों से बोला जाने वाला एक वाक्य 'अब पहले जैसा सच्चा प्रेम कहाँ होता है।'

❁ ❁ ❁

आप प्रेम में होते हैं तो सबसे कम धार्मिक राजनीतिक और जातिवादी होते हैं।

❁ ❁ ❁

हर बात करने वाले से कहो कि अपनी बात करे लेकिन वैसे ही जैसे वो ग़ैर की बात करता है।

❁ ❁ ❁

तुम जैसे लोग उम्रों का हासिल होते हैं... यूँ ही किसी की बक़वास पर खोये नहीं जा सकते।

❁ ❁ ❁

तुम्हें मालूम है, मैंने हर उस चीज़ की चाह की है जिसे मेरे लिए लिखा नहीं गया है। हर वो चीज़ मुझे मिली है जिसकी मुझे चाह नहीं।

❁ ❁ ❁

मैंने सबसे ज़्यादा मूर्खता और चालाकी प्रेम में दिखाई है।

❀ ❀ ❀

यूरोप में बच्चों की ग़रीबी दिखाते हुए, फटे और पुराने जूतों से मुताल्लिक ख़ूब कहानियाँ लिखी गईं, इस मामले में हमारे लेखक बदकिस्मत है, यहाँ बच्चों के पास जूते ही नहीं थे।

❀ ❀ ❀

नापंसद करते करते धीरे धीरे पसंद करने लगना, ऐसा इश्क़ कभी ख़त्म नहीं होता।

❀ ❀ ❀

तुम एक हसीं झूठ थे तो क्या हुआ... मुझे आज भी तुमसे तल्ख़ इश्क़ है।

❀ ❀ ❀

हर इंसान को तीन काम ज़रूर करना चाहिए, पहला ख़ूब यात्राएं, दूसरा फ़िल्में देखना और तीसरा किताबें पढ़ना।

❀ ❀ ❀

जो मैं जान जाऊं तुम हमेशा साथ रहोगी।
तुम्हें छूने की ख़ब्त छोड़, मैं कुछ बातें करूँ।

www.ingramcontent.com/pod-product-compliance
Ingram Content Group UK Ltd.
Pitfield, Milton Keynes, MK11 3LW, UK
UKHW042105021026
15589UKWH00001B/189

9 789388 556286